BBULMEDIA

CITY OF
WILD BEAST

맹수의 도시

동은 현대 판타지 소설

4

맹수의 도시

contents

1.
악의

CITY OF
WILD BEAST

경태는 짜증이 나 있었다. 어제부터 모필에게서 연락이 없었다.

그의 경호원들에게 전화를 걸어 물었지만 그들은 죄송하다는 말만 반복할 뿐이다.

무슨 개소리냐고 소리를 질렀지만, 그들은 모필이 사라졌다고 말했다.

사라져?

정말 어이가 없었다.

경태는 경호원들에게 자세히 설명을 하라고 말했다. 경호원 중에 한 명이 그에게 전날 있었던 사실을 토씨 하나 빠트리지 않고 그대로 설명을 했다.

모필은 술을 마셨고, 애인이 있는 삼성동 오피스텔로 향했다.

그는 모필이 엘리베이터를 타고 올라가는 것까지 확인했다고 한다.

다음 날 오전 7시에 모필을 데리러 갔지만 그는 나오지 않았다.

몇 번씩이나 전화를 해 봐도 마찬가지였다.

어쩔 수 없이 경호원들은 오피스텔로 올라갔다. 그들은 오피스텔 앞에서 벨을 몇 번이나 눌렀다. 아무도 나오지 않았다.

겁이 덜컥 난 그들은 문을 부수고 오피스텔 안으로 진입했다.

안에는 아무도 없었다. 누군가 다급하게 이곳을 빠져나간 흔적은 남아 있었다.

장롱문은 열려 있었다.

여행 가방은 보이지 않았다.

경호원들이 이곳저곳을 찾아보니 귀금속과 통장 등이 모두 사라졌다는 것을 알았다.

그들은 모필이 애인과 도망갔다고 판단을 했다.

하지만…… 왜 도망을 갔다는 말인가.

그는 신 압구정 파의 중간보스였다.

그런 그가 무엇이 아쉬워서 도망을 쳤다는 말인가.

그 이유는 오직 경태만이 알고 있었다.

"씨발 새끼, 혼자 살겠다고 내뺐단 말이지. 개 같은 새끼. 내가 그토록 아껴 줬건만."

경태는 손톱을 자근자근 깨물었다.

마음이 불안할 때, 자신도 모르게 하는 행동이었다.

그의 아내가 이빨 깨물지 말라고 몇 번이나 핀잔을 주었지만 고쳐지지 않았다.

그 역시 심한 불안감을 느끼고 있었다.

운전석과 조수석에 앉아 있는 두 명의 동생을 제외하고는 믿을 사람이 한 명도 없었다.

뒤쪽에서 검은 세단을 끌고 쫓아오는 경호원들도 모두 염민혁의 수하들이었다.

신사동 파는 무너졌다.

경태는 도수의 사무실로 쳐들어가 그의 책상의 오줌을 갈기기도 했다. 당시에는 꽉 막힌 가슴이 뻥 뚫린 것처럼 시원했다.

이제 자신의 세상이 열릴 것만 같았다. 하나 그의 생각은 의지대로 가지 않았다.

염민혁은 약속대로 그에게 신사동 파를 맡겼다.

하지만 업소와 동생들의 수가 문제였다.

그에게 맡겨진 것은 겨우 룸살롱 두 군데뿐이었다.

그것도 하루 매상이 겨우 1천만 원 미만인 허울뿐인 업소.

아가씨들의 숫자도 적었고, 시설도 허름했다.

막대한 이익을 얻을 수 있는 클럽은 모두 염민혁이 가져갔다.

마야 클럽도, 케빈 클럽도.

화가 난 경태가 염민혁에게 따졌더니 그곳에서 성매매라
도 하여 매출을 늘리라는 말만 들었다.

또한 그가 밑에 넣으려고 했던 신사동 파의 준간부들의
아킬레스건이 모조리 잘렸다.

그들은 발목이 잘린 채로 거지처럼 쫓겨났다.

경태는 자신의 수족으로 키우려고 했던 조직원들을 모조
리 잃고 말았다.

지금 남은 조직원들은 햇병아리 10명 정도뿐이었다. 이
들로는 신사동 파라는 말도 할 수가 없었다.

일주일도 안 돼서 경태는 모든 것을 염민혁에게 빼앗겼
다.

울분이 터졌지만 그가 할 수 있는 아무것도 없었다.

모필처럼 매일 술로 쓰린 가슴을 달랠 수밖에 없었던 것
이다.

문득 두려운 마음이 생겨났다. 마음속에 어둠이 조금씩
고개를 들기 시작했다.

그것은 설마, 하는 마음이었다. 설마 염민혁이 자신을 내
칠까, 하는 두려움.

모필도 그 마음을 느꼈을 터였다.

자취를 감춘 도수도 두려웠지만 당장 눈앞에 염민혁이가
더욱 두려웠다.

그가 쓸모없어진 자신을 죽일지도 모른다고 생각하자 두려움은 점점 커져만 갔다.

하필 모필이 먼저 선수를 쳤다.

그가 모습을 감췄으니 염민혁은 꽤나 화가 났을 것이 분명했다.

어쩌면 당장 모필을 찾아내서 아킬레스건을 끊어 버릴지도 몰랐다.

경태는 심한 자괴감을 느꼈다.

허울뿐인 신사동 파를 얻자고 이토록 많은 사람들을 배신했다는 말인가.

자신이 한심스럽게 느껴졌다. 하지만 이미 엎질러진 물이었다.

신사동 파의 핵심이라고 할 수 있는 도수와 기현이 건재했다.

그들이 언제 어디서 자신의 목을 노릴지 모른다.

염민혁이 과연 자신을 보호해 줄까? 처음에는 그럴 것이라 여겼지만 지금은 아니었다.

그는 절대로 자신을 보호해 주지 않는다.

오히려 거추장스러운 자신을 잘 제거해 줬다면서 박수를 칠지도 몰랐다.

이제는 욕심을 버려야 할 때였다.

욕심을 버리지 않으면 목숨을 잃을지도 모른다.

그는 광주에 있는 명식 형님에게 전화를 걸었다.

서울로 올라오기 전부터 잘 알던 형님이었다. 광주에서 꽤 큰 조직을 운영하고 있기도 하였다. 명식 형님은 흔쾌히 그에게 내려오라고 말했다.

썩지 않은 동아줄을 잡은 기분이었다. 전화를 끊은 경태는 바로 광주를 향해서 내려갈 차비를 차렸다. 짐을 싸지는 않았다.

그가 짐을 싼다면 경호원들에 의해서 바로 염민혁의 귀에 들어갈 것이니 말이다. 광주에 내려가면 경호원들을 처리할 생각이다.

어차피 놈들은 염민혁에 수하들이다. 자신의 손발이 되어 줄 생각은 눈곱만큼도 없을 것이다.

서울이라면 모를까, 명식 형님의 텃밭인 광주에서 자신을 해칠 수는 없었다.

아무리 염민혁이라고 할지라도.

위이이잉—

경태는 창문을 내렸다. 답답해서 담배를 한 대 피고 싶어졌다.

히터로 인해서 더웠던 공기가 밖으로 빠져나가고 차가운 공기가 안으로 밀려 들어왔다. 정신이 맑아지는 기분이 들었다.

그는 담배를 입에 물고 불을 붙였다. 깊게 빨아들인 후 밖으로 내뱉었다.

도대체 어디서부터 잘못되었던 것일까.

그는 생각했다. 하지만 답은 찾을 수가 없었다.

고속도로는 한산했다.

새벽 2시가 넘어서인지 달리는 차량들은 거의 보이지 않았다.

간혹 보인다고 하더라도 지정 속도보다 훨씬 빠르게 그들의 차량을 스쳐 지나갔다.

두 대의 차량은 고속도로 톨게이트를 지나서 국도로 들어섰다.

"형님."

조수석에 앉아 있던 덕호가 경태를 불렀다.

"왜?"

"곧 휴게소입니다. 들를까요?"

그러고 보니 저녁도 제대로 먹지 않았다.

아침 겸 점심을 먹은 것이 다였다. 하도 신경을 써서 배고 고픈지도 모르고 있었다.

밥을 하루 종일 먹지 않았다고 생각하니 갑자기 시장기가 돌았다.

"그래, 들르자."

"알겠습니다."

차량들은 한적한 국도의 한 휴게소로 천천히 진입했다.

"아, 씨발, 저 새끼, 상향등 키고 있네."

전방이 빛으로 하얗게 변했다.

마주 오고 있는 차량이 상향들을 키고 있어서 앞이 잘 보이지 않았다. 너무 빛이 밝아 욕이 저절로 나왔다.

운전대를 잡고 있던 현욱도 상향등을 마구 키며 상대차량에게 끌 것을 종용했다.

금방 상대 차량의 상향등이 꺼졌다.

그들의 옆으로 두 대의 SUV 승합차가 지나쳤다.

"아, 진짜 왜 이래."

이번에는 뒤쪽에서 상향등이 켜졌다.

백미러가 보이지 않을 정도로 눈이 부셨다. 백미러에 빛이 반사가 되어 눈이 아플 지경이다.

경태는 눈을 찡그렸다. 욕이 저절로 나온다.

"저 개새끼들이 미쳤나. 저 새끼들 차 세워 봐."

"알겠습니다."

경태의 말에 현욱이 차량의 속도를 줄였다. 어차피 국도라 그런지 다른 차들은 거의 보이지가 않았다.

휴게소로 들어가는 도로는 2차선이다.

비스듬하게 도로를 막았으니 뒤에서 상향등을 켜고 쫓아오던 차도 반드시 서야만 했다.

그런데 상향등을 켠 차량의 속도가 줄지 않았다.

"어어어어어어!"

경태와 동생들의 표정이 점점 경악으로 바뀌어 갔다.

뒤쪽의 차량이 그가 타고 있는 검은 세단을 향해서 더욱 속도를 높여서 달려오고 있었다.

"으아아아아악!"

조형은에게 전화가 온 것은 오후 일곱 시 정도가 되었을 때였다. 도수는 동생들과 설렁탕집에서 저녁을 해결하고 있었다.

저녁을 먹고서는 경태가 운영한다는 룸살롱을 습격할 작정이었다.

얼굴이 전혀 알려지지 않은 기철이 미리 룸살롱을 갔다 왔다. 그는 경태가 운영한다는 룸살롱을 보고 와서는 혀를 찼다.

도수가 왜 그러냐고 물었다.

강남에서는 전혀 어울리지 않는 룸살롱이라고 기철은 말했다.

그보다 급이 낮은 단란주점이라고 하는 편이 옳았다.

기철의 말을 들은 도수와 일행들은 기가 찼다. 겨우 그것 하나 얻자고 모두를 배신했다는 말인가.

너무 어이가 없어서 더욱 화가 났다.

차라리 놈이 떵떵거리면서 잘살고 있었다면 이토록 화가 나지 않았을 것이다.

겨우 그따위 대접을 받고자 형제들과 같은 조직원들을 배신하다니.

이제 놈은 배신의 대가를 치러야 할 때다.

도수는 경태가 가는 방향을 미리 예측했다. 예측하기는 어렵지 않았다.

어차피 호남으로 내려가기 위해선 서해안 고속도로를 타야 한다.

더군다나 새벽 시간. 대충 몇 시쯤에 놈이 어디를 통과하는지 알 수가 있었다.

"놈이 지나갑니다."

2시간쯤 기다렸을까.

두 대의 세단이 도수의 차량이 서 있던 곳을 지나쳤다. 톨게이트 부근에 차량을 세워 놨기에 놈들은 속도를 줄여야만 했다.

그래서 놈들의 차량을 식별하기가 어렵지 않았다.

"가자."

도수의 말에 두 대의 승합차가 출발했다. 두 차량은 양옆으로 넓게 퍼졌다. 미행한다는 것을 눈치채지 못하게 하기 위함이었다.

사실 눈치를 차린다고 하더라도 상관이 없었다.

놈은 더욱 고통스럽게 절망을 맛볼 테니까.

국도를 탄 놈들의 차량 속도가 늦어졌다. 아무래도 휴게소를 들릴 모양인 듯했다.

도수는, 기동과 실현, 수태가 탄 차에 연락을 해서 앞질러 가라고 말했다.

기동을 태운 차는 속도를 낸 후 빠르게 휴게소 안으로 들어갔다.

휴게소는 무척 한산하다고 하였다. 불이 켜진 곳은 24시간 편의점과 화장실뿐이라는 말도 덧붙였다.

국도에 있는 휴게소라 그런지 밤새 영업을 하지 않는 모양이었다.

어쨌든 놈들은 제 발로 지옥으로 찾아가고 있었다.

놈들의 차번호는 맞다. 그러나 경태가 어느 차에 타고 있는지 확인은 해야 했다.

만에 하나라도 놈을 놓치면 큰일이다.

기동은 놈들의 차량과 마주 보고 달려서 경태를 확인했다. 검게 썬팅이 되어 있어서 놈의 얼굴은 확인할 수 없지만 앞 차에 경태가 있는 징후가 포착되었다고 한다.

뒤차에는 처음 본 놈들이다.

하나, 앞차 운전석과 조수석에 앉아 있는 놈들은 덕호와 현욱이었다.

신사동 파이기도 하면서 경태의 심복이기도 한 놈들이다. 가장 믿을만한 그들을 다른 차에 태웠을 리가 없었다.

"확인했습니다. 앞차에 놈들이 있습니다."

기현은 금방이라도 폭발할 것처럼 서늘한 미소를 지으며 말했다.

"반응 좀 보자. 쌍 라이트 켜 봐."

"알겠습니다."

기현은 상향등을 안쪽으로 당겼다. 상향등이 멀리까지 퍼지며 앞차의 시선을 눈부시게 만들었다.

승용차라면 모를까 라이트의 위치가 높은 승합차의 상향

등은 마주 오는 차량이건, 앞 차량이건 상당히 짜증나게 만들었다.

역시 경태는 성질을 이기지 못하고 차량은 세웠다.

"미친 새끼들, 놈들이 알아서 길을 가로막네요."

기현은 웃었다.

경태가 찬 차량이 2차선 도로의 중앙선을 가로막았다. 뒤에서 따르던 차량도 마찬가지였다.

이래서 조직 폭력배들이 욕을 먹는 거다. 자신들의 비위를 거슬렀다고 중앙선을 가로막고 세우는 놈들이 어디 있다는 말인가.

"어쩔까요?"

기현이 물었다.

"밀어 버려."

"알겠습니다."

기현은 안전벨트를 맸다.

도수와 수태도 안전벨트를 맸다. 기현이 엑셀을 밟았다.

차량의 RPM이 올라가며 굉음을 울렸다. 승합차의 육중한 몸체가 빠르게 돌진한다.

라이트의 놈들의 얼굴이 확연하게 드러났다. 그들은 양팔을 들고는 경악에 가까운 표정을 짓고 있었다.

"갑니다!"

기현이 외쳤다.

도수와 수태가 안전대를 잡았다.

승합차는 경호원들이 타고 있던 검은 세단을 들이박았다.

꽈지직!

차를 바로 세웠다면 모를까, 놈들은 차량을 비스듬히 정차시켰다.

앞으로 피할 수도, 뒤로도 피할 수가 없었다.

그들의 다급한 비명 소리가 차가운 밤하늘에 공허하게 울려 퍼졌다.

쿠쿠쿠쿠쿵!

경호원들이 타고 있던 검은 세단이 배를 드러내며 옆으로 구르고 말았다.

퍼퍼펑!

"이런 젠장!"

하필 이럴 때 에어백이 터진다.

시야가 완전히 가려졌다.

그러나 브레이크를 밟지 않았다. 고개를 억지로 빼고 경태가 타고 있는 차량으로 돌진한다.

승합차의 앞부분이 반쯤 박살이 났지만 엔진을 살았는지 위윙 소리를 내며 힘차게 앞으로 나아갔다.

콰콰콰콰쾅!

경태의 검은 세단은 아이스링크 위에 있는 것처럼 옆으로 빙글빙글 돌았다.

옆구리를 폭탄을 맞은 것처럼 움푹져지고, 창문은 모조리 깨져서 안에 누가 있는지 확연하게 드러났다.

창문에 머리를 부딪쳤는지 경태는 이마에서 피를 뚝뚝 흘리고 있었다.

앞좌석에 있는 덕호와 현욱도 마찬가지였다. 피는 흘리지 않았지만 정신을 차리지 못한다.

하지만 거기서 끝난 것이 아니었다.

차선을 바꾼 기동의 차량이 엄청난 속도로 달려온다.

그의 차량은 경태가 타고 있던 세단의 앞부분을 강하게 박았다.

꽈지지지직!

1억을 호가하는 고급 세단이 완전히 박살 나고, 앞부분은 형체를 알 수 없을 만큼 일그러졌다.

안전벨트를 매고 있지 않았던지 현욱은 깨진 창문으로 튕겨져 나갔다. 족히 10m이상은 튕겨져서 아스팔트 위로 떨어졌다.

모든 차량이 멈췄다.

깨진 유리 사이로 라이트만이 비치고 있을 뿐이었다.

덜컥.

두 대의 승합차에서 문이 열렸다. 도수가 내리고 동생들이 내렸다.

주머니에서 손을 빼낸 도수가 담배를 물었다. 불을 붙인 후 앞으로 걸어간다.

뚜벅뚜벅.

어두운 공간을 가르는 그의 구두소리는 흡사 저승사자가

다가오고 있는 것 같은 착각을 모든 이에게 일으켰다.

기동과 수태, 실현은 경호원들이 타고 있던 차량으로 다가갔다.

세 명의 사내들이 피를 흘리면서 차 안에 있었다. 안전벨트를 매고 있지만 큰 충격으로 인해서 정신이 없는 모양이었다.

기동과 수태, 실현은 그들을 차량에서 끄집어냈다.

"씨, 씨발놈들. 우리가 누군 줄 알고."

경호원 중에 한 명이 숨을 헐떡이면서 기동을 협박했다.

"니미, 잘 알고 있지라."

"너, 너희들 이런 짓을 하고도 살아남을 줄 아나."

"이 새끼가 마약 처먹고 운전을 했나. 그건 그쪽이 신경 쓸 것이 아니에요."

기동은 허리에 꽂아 두었던 손도끼를 꺼냈다. 손도끼를 본 경호원들의 얼굴이 시커멓게 죽는다.

"니들 말이여. 우리 애들 다리를 아작 냈다고 하드만. 그래서 우리도 똑같이 할 것이여. 아니지, 우리는 다리 한쪽에 덤으로 팔 한쪽도 추가할 끼다."

기동은 사납게 웃으며 손도끼를 내려쳤다. 손도끼는 경호원들의 발목에 박혔다.

"크아아아악!"

엄청난 고통으로 인해서 경호원들이 아스팔트 위를 데굴데굴 굴렀다.

"아따, 이 새끼들, 우리를 가만히 두지 않겠다면서 도망이나 가고 자빠졌네."

기동은 옆으로 구르던 경호원의 발목을 잡았다.

손도끼로 찍었던 발목이다.

발목은 부서진 장난감처럼 덜렁거리며 피를 쏟아 내고 있었다. 기동이 그의 발목을 잡자 엄청난 양의 피가 손등을 적셨다.

그리고 경호원은 미칠 것 같은 고통에 짐승과 같은 울음을 터트렸다.

"시끄럽다잉."

기동은 그를 자신 쪽으로 끌어당긴 후 다시 손도끼를 내려쳤다.

꽈직!

뭔가가 경호원의 몸에서 떨어져 나갔다.

아스팔트 위에 떨어져 있는 것은 그의 팔목이었다. 아직 신경이 죽지 않았는지 떨어져 나간 팔목 아랫부분에서 손가락이 꿈틀거리며 움직였다.

"으아아아아아악!"

처절한 비명이 메아리처럼 울린다.

"닥치고, 빨리 지혈을 하지 않으면 니 여기서 죽는다잉."

"우욱, 우욱."

경호원은 아무런 말을 하지 않았다. 아니, 어떤 말도 귀에 들리지 않을 것이다.

그는 온몸을 덜덜 떨며 상의를 벗었다.

뼈가 시리도록 차가운 바람이 경호원의 몸을 때렸다.

입술을 파랗게 변하고 눈꼬리가 바들바들 떨렸다.

상의를 이빨로 찢어서 잘린 팔목에 감았다.

한 손으로 감아야 하니 조금 더디다. 간신히 지혈을 끝낸 그는 너덜거리는 발목에서 와이셔츠를 감았다.

남은 두 명의 경호원들도 동료의 모습을 지켜보고 있었다. 그들의 얼굴의 사색으로 변했다. 수태와 실현도 손도끼를 들고 그들에게 다가오고 있었다.

"으아아아아악! 사, 살려 주세요."

그들은 살기 위해서 발버둥을 쳤다.

하지만 수태와 실현의 분노가 담긴 손도끼를 막지는 못했다.

그들의 손도끼가 내려찍히자 팔목과 발목 하나씩이 절단되고 말았다.

"으으으, 회, 회장님."

아스팔트로 튕겨져 나갔던 현욱이 가장 먼저 도수를 발견했다.

갈비뼈가 부러졌는지 숨을 헐떡이며 움직이지 못하고 있던 현욱은 자신의 눈을 의심했다.

설마 이곳에서 도수를 만날 줄은 상상도 하지 못했다. 그를 본 순간 온몸의 힘이 쫙 빠져나가는 기분이 들었다.

현욱은 억지로 몸을 일으키며 차 안을 바라봤다. 경태는

의식을 잃었는지 움직이지 않고 있었다. 어서 그를 대피시
켜야 한다.

경태가 도수에게 용서받을 수 없다는 것을 그도 잘 알고
있었다.

경태는 신사동 파를 두 번 배신했다.

하지만 그의 움직임은 거기서 멈추고 말았다. 다가온 도
수가 그를 향해서 발을 차 올렸다.

빠각!

구두의 앞부분이 현욱의 턱을 찔렀다.

찼다는 느낌보다는 찔러 넣는다는 느낌이 강했다.

현욱의 의식이 한순간 사라졌다가 나타났다. 그의 육신은
뒤로 넘어가고 있었다.

왜 자신이 뒤로 넘어가는지도 몰랐다. 잠시 후, 미칠 것
같은 고통이 그의 육체를 지배했다.

"쿠르르르."

비명도 지르지 못했다. 입이 열리지 않았다. 뒤로 넘어간
그가 자신의 턱을 부여잡았다.

아래턱이 만져지지가 않았다.

지금의 현실이 장난처럼 느껴졌다. 삼십 년을 함께해 온
아래턱이 만져지지 않다니, 이런 일이 있을 수가 있는 것일
까.

그의 시선에 무엇인가 들어왔다.

부서진 아래턱이 완전히 찢겨진 채 2차선 도로 화단 옆에

아무렇게 나뒹굴고 있었다.

현욱은 벌레처럼 꿈틀거렸다. 손을 뻗어 자신의 턱이 있는 곳을 향해서 기어간다.

짧은 거리지만, 그곳까지 가는 데 상당한 시간이 걸렸다.

화단 위에 떨어진 부서진 턱은 흙과 모래로 뒤덮여 있었다.

그는 자신의 부서진 아래턱을 간신히 잡았다. 그리고는 얼굴에 끼어 넣는다.

당연히 들어갈 리가 없었다. 그런데도 계속해서 얼굴에 턱을 붙였다.

덕호의 가장 친한 친구가 현욱이다. 현욱의 지금 어떤 상태인지 덕호는 똑똑히 목격했다.

두려움과 공포로 인해서 정신이 나가 버릴 것만 같았다. 그는 억지로 손을 빼내서 안전벨트를 풀었다.

손이 덜덜 떨려 제대로 풀리지 않았다. 몇 번이나 해 봐도 마찬가지였다.

차량들이 충돌하며 안전벨트의 잠금장치가 고장이 난 듯했다.

도수는 점점 그에게 다가왔다.

"으아아, 으아아악."

제대로 된 말도 나오지 않았다.

머릿속이 하얗게 변해서 무슨 단어를 내뱉어야 하는지도 몰랐다.

깨진 창문으로 다가선 도수가 덕호의 멱살을 잡았다.

밖으로 끄집어내지만 안전벨트로 묶여 있어서 움직이지가 않았다.

그것을 확인한 도수는 가죽 장갑을 낀 주먹으로 덕호의 면상을 후려쳤다.

꽈직!

단 한 방이지만 덕호의 안면이 함몰한다. 코뼈가 안쪽으로 움푹 파고들었다.

"사, 사려 두세요…… 제, 제발, 사려 두세요."

이빨이 모조리 깨져서 발음도 제대로 나오지 않았다.

도수는 대답하지 않았다. 대답 대신 주먹을 다시 들어 올렸다.

그의 주먹은 흉기보다 무섭다.

다시 한 번 주먹으로 덕호의 얼굴이 내려쳤다.

꽈직!

얼굴의 반쪽이 기형적으로 변했다.

왼쪽 눈알이 터져서 진물이 면상을 타고 질질 흘렀다. 덕호는 혼절했다.

오줌을 쌌는지 지린내가 심하게 풍겼다.

도수는 뒷좌석에 타고 있던 경태에게 고개를 돌렸다.

"응?"

뒷좌석에 앉아 있어야 할 경태가 보이지 않았다. 뒷문을 열려 있었다.

잠깐의 시간 동안 놈이 탈출을 했다. 하지만 멀리가지는 못했을 것이다.

　도수는 고개를 들었다.

　30m 전방에서 경태가 다리를 끌며 도망을 치고 있었다. 사력을 다해서 뛰는 모습이었다.

　그러나 그가 도수에게서 벗어날 수는 없을 것으로 보였다. 휴게소로 들어가는 2차선 도로의 길이는 약 150m 정도였다.

　양쪽으로는 화단이 있고, 높은 나무들로 채워져 있었다. 사람들의 눈에 띠지는 않는다. 길을 벗어나도 휴게소까지 가려면 상당한 거리를 더 뛰어야 했다.

　"사, 사람 살려요! 여기 사람 죽어요, 제발 살려 주세요!"

　경태는 고함을 질렀다.

　누군가가 자신의 목소리를 들어 주길 간절히 바라면서. 하지만 나타나는 사람은 한 명도 없었다. 휴게소로 들어서는 차량조차 없었다.

　그에게 도움을 줄 사람은 아무도 없았다.

　"컥!"

　경태는 등 쪽에서 엄청난 고통을 느끼며 앞으로 고꾸라지고 말았다.

　척추가 부러진 느낌이었다. 경태는 간신히 손을 뻗어 등에 박힌 그것을 뽑아냈다.

손도끼였다.

기현이 뛰고 있던 경태를 향해서 손도끼를 던진 것이다. 경태는 손도끼를 들고 자리에서 일어났다. 고통스럽다고 주 저앉아 있으면 목숨이 위험했다.

일단 휴게소 안까지는 가야 한다. 그래야만 도수의 손아 귀에서 벗어날 수가 있으리라.

아무리 잔악무도한 놈이라고 하더라도 사람들이 보는 앞 에서 자신을 죽이지 않을 거란 판단이었다.

하지만 경태는 도수의 손아귀에서 벗어날 수가 없었다. 어느새 다가온 도수가 경태의 뒷덜미를 잡았다.

"놔! 놔!"

경태는 발악적으로 소리를 질렀다.

도수는 말하지 않았다.

손에 힘을 주어 경태를 당겼다. 강한 힘을 이겨 내지 못 한 그가 아스팔트를 굴렀다.

"헉헉헉."

거친 숨이 흘러나왔다.

고개를 들어서 도수를 바라본다.

도수는 냉혹한 눈길로 경태를 바라보고 있었다.

"회, 회장님. 제, 제 말 좀 들어 보십시오. 제, 제 의지가 아니었습니다. 정말입니다."

경태는 무릎을 꿇고 무조건 빌었다. 그는 도수의 발목을 잡았다.

눈물을 줄줄 흘러 아스팔트 위로 떨어졌다.

도수는 그런 경태에게 한쪽 무릎을 꿇었다. 한 손으로 경태의 뒷덜미를 잡고서 들어 올렸다.

서로의 눈이 마주쳤다. 경태는 도수와 눈을 마주치지 않기 위해서 눈동자를 밑으로 내렸다.

"나도 내 의지가 아니야. 너로 인해서 죽은 형석 형님과 류현, 그리고 불구가 되어 버린 동생들의 의지지."

"제가, 제가 죽인 게 아닙니다. 정말입니다."

"변명은 모필에게 가서 하도록."

도수가 자리에서 일어났다. 그는 경태의 머리채를 잡고서는 질질 끌고 갔다.

육중한 경태의 몸이 맥없이 끌려갔다.

"제발, 회장님…… 모필입니다. 맞아요, 모필 때문에 이렇게 된 겁니다. 그가 먼저 염민혁한테 붙었습니다. 제발 믿어 주십시오, 회장님!"

머리채를 잡힌 채 끌려가면서도 경태는 변명을 늘어놓았다.

"그래, 믿어 주지. 그러니까 모필과 함께 의논해 봐."

모필은 도망친 것이 아니다. 도수에게 잡힌 것이다, 라는 것을 깨달은 경태였다.

둘이 말을 맞추지 않으면 반드시 죽는다는 것도 알아차렸다.

하지만 도수의 다음 말에 경태는 경악을 금치 못했다.

"그는 서해 앞바다 어딘가에 있을 거야. 내가 찾을 수는 없을 것 같으니 당신이 찾아서 물어보도록 해."

"으아아아악! 내가 아니라고! 내가 아니야! 제발, 제발! 회장님, 제발 살려 주세요."

경태는 심하게 발악을 했다.

기현이 다가와 그의 입에 청테이프를 붙였다. 팔목과 발목도 묶었다.

기동이 다가와서 그를 번쩍 들어서 코란도 짐칸에 옮겨다 실었다.

"가자."

도수의 말에 모두가 차량에 탑승했다. 충돌 사고가 있었지만 엔진과 바퀴가 부서지지 않아서 운행하는 데는 지장이 없을 듯했다.

기현은 짐칸에 벌레처럼 실려 있는 경태를 보며 서늘하게 미소를 지었다.

"좋은 꿈을 꾸게 될 거야. 네가 신사동 파와 압구정 파를 통합해서 회장에 오르는 그런 꿈을. 영원히 그렇게 꾸도록 해."

"읍읍읍읍."

공포에 질린 경태가 마구 고개를 가로저었다.

하지만 누구도 그에게 구원의 동아줄을 내려 주지는 않았다.

                    *   *   *

　염민혁은 케빈 클럽을 돌아 본 후 마야 클럽 안으로 들어
갔다.

　입구에서 대기를 하고 있던 군기가 바짝 든 사내들이 빠
르게 다가와 염민혁이 타고 있던 차량의 문을 열었다.

　염민혁은 거드름을 피며 차에서 내렸다.

　그의 옆에는 건장한 체구의 사내가 같이 서 있었다.

　왼쪽 눈썹이 불에 탄 것처럼 찢어져 있었고, 입술 또한
반으로 갈라졌다.

　슬쩍 보기만 하더라도 상당히 험악한 인상이었다.

　그가 수원파의 보스인 채충기였다.

　190㎝에 달하는 건장한 체격에 120㎏이나 나간다.

　고등학교와 대학교 시절에 럭비 선수를 했다고 알려져 있
었다.

　대학 1학년 때 훈계하는 선배에게 박치기를 먹이고 나서
이 길로 들어선 꽤나 성질이 더러운 사내였다.

　하지만 배짱도 좋고, 주먹도 잘 써서 겨우 20대 후반에
나이에 수원파 보스의 자리에 오를 수가 있었다.

　그와 염민혁은 5년 전부터 알던 사이였다. 둘은 그때부터
의기투합을 했고, 압구정 파가 무너지자 재빨리 그의 그늘
로 숨어들었다.

　채충기는 적극적으로 정보를 차단했고 염민혁에 대해서

어떤 발언도 하지 않았다.

경태가 염민혁에 대해서 알아낼 수 있었던 것은 일부러 그에게 정보를 흘렸기 때문이었다.

그리고 염민혁을 도운 대가로 채충기는 꿈에 그리던 서울로 입성을 했다.

그것도 서울에서 가장 노른자위라고 할 수 있는 강남으로 말이다.

"이야, 좋다. 우리 수원하고는 비교도 되지 않는구만. 우리는 순 대딩뿐이라서 돈도 얼마 되지 않는데."

채충기는 마야 클럽의 입구를 보면서 감탄했다.

그는 케빈 클럽을 가 보고서는 눈이 휘둥그레졌다. 자신이 운영하는 수원역에 위치한 나이트클럽과는 규모 면에서나, 시설 면에서나 비교도 되지 않았다.

민혁에게 슬쩍 매상에 대해서 물어보니 그 자체도 비교하기조차 창피했다.

거의 10배 이상 차이가 난다고 보면 된다. 채충기는 입이 떡 벌어졌다.

"여기가 네가 맡게 될 곳이야."

"정말?"

"그래, 그러니까 시장 파악을 잘해 둬야 해."

"하하하하. 그래, 브라더. 네 덕분에 서울에서 자리도 잡고. 원하는 것 있으면 뭐든지 말해. 이 형이 무슨 수를 쓰든지 다 해 줄 테니까."

채충기는 기분 좋게 웃었다.

언감생심 꿈도 꾸지 못했던 일이 현실이 되어서 벌어졌다. 기분이 좋지 않을 리가 없었다.

그의 동생들 역시 마찬가지였다. 수원에서 가장 큰 두 조직 중에 하나인 그들이다.

그곳에서만큼은 어깨에 힘을 팍 주고, 누구에게도 꿀리지 않을 자신이 있었다.

하지만 강남에 들어서는 순간 자신도 모르게 어깨가 움츠러들었다.

평범한 일반인들조차 자신들보다 훨씬 잘나고, 멋져 보였다.

그런 강남에서, 가장 큰 클럽 중에 하나라는 마야 클럽을 자신들이 맡을 생각을 하니 오장육부가 모두 만세를 지르고 싶은 지경이었다.

"들어가지."

염민혁은 빙그레 웃으며 채충기의 등을 툭 쳤다. 고개를 끄덕인 채충기가 염민혁의 뒤를 쫓아서 클럽 안으로 들어갔다.

클럽 안은 너무도 화려했다. 수원과 똑같은 클럽이지만 질이 전적으로 달랐다.

돌아가는 사이키 조명, 가수 뺨치는 DJ, 영화배우만큼이나 늘씬한 여성들, 화려한 인테리어들은 채충기와 동생들의 혼을 쏙 빼놨다.

"야, 저 사람 영화배우 전지수 아니야?"

채충기의 동생 중에 한 명이 누군가를 가리켰다.

허리까지 내려오는 긴 생머리가 무척이나 잘 어울리는 여성이었다.

그녀는 팬티가 보일 정도로 짧은 붉은색 원피스를 입고 한 남성과 춤을 추고 있었다.

아무리 봐도 영화배우 전지수였다.

"야아, 미친놈아. 여기서 왜 그 유명한 영화배우가 춤을 추고 있냐. 닮은 사람이야."

다른 동생이 그를 나무랐다.

염민혁은 헛웃음을 터트린 후 그들에게 말했다.

"진짜 전지수다. 여기서 일을 하게 되면 연예인들은 질리도록 보게 될 거야."

"저, 정말입니까?"

"그래. 케빈 클럽과 마찬가지로 이곳은 재벌 3세들과 연예인들이 꽤나 많이 드나들지. 그러니까 그들과 안면을 트려면 일에 대해서 잘 배워 둬야 할 거야."

"알겠습니다."

채충기의 동생들은 감격을 한 눈빛으로 염민혁에게 고개를 숙였다.

"너희들은 여기서 조금 즐기도록 해."

염민혁은 그렇게 말을 하고는 채충기를 데리고 사무실로 올라갔다.

출입 금지라고 써져 있는 사무실의 문을 열자 두 명의 사내가 벌떡 일어나 염민혁에게 고개를 숙였다.

고개를 살짝 까닥거린 염민혁은 턱으로 나가 보라는 시늉을 했다. 꾸벅 인사를 하고는 문을 열고 밖으로 나갔다.

"앉아."

염민혁은 중앙에 있는 소파에 앉았다.

왼쪽 소파에 채충기가 앉았다. 염민혁이 다시 일어나서 냉장고에 있던 독일 맥주 두 병을 꺼내 왔다. 한 병을 채충기에게 건넸다.

"마셔."

"오키, 브라더."

채충기는 병뚜껑을 따서 맥주를 꿀꺽꿀꺽 마셨다. 꽤나 갈증이 났던 모양이다.

"카, 좋다. 이렇게 술맛이 좋은 적은 또 처음이네."

"후후, 업소들을 돌아보니까 어때?"

"어떻기는 뭐가 어때. 최고다. 내 인생의 이런 날이 올 줄은 상상도 못했다."

"좁은 수원 바닥에만 있으면 되나. 남자라면 큰물에서 놀아야지."

"그럼, 그럼. 우리 브라더의 말이 백 번 옳아."

"저기 책상이 네 자리야. 명패는 새로 파면되고, 책상이나 의자가 마음에 안 들면 말해. 바꾸면 되니까."

"그 정도는 내가 알아서 할게. 걱정 마라, 브라더."

둘은 주거니 받거니 술을 마셨다. 맥주를 세 병씩 나눠 마시고는 비싼 양주로 술을 바꿨다.

똑똑.

그들이 술을 마신 지 30분이 채 되지 않았을 때였다.

"형님, 저 민챕니다."

"들어와."

문이 열리고 큰 키의 사내가 들어왔다. 키는 도수만큼이나 크지만 굉장히 말랐다. 하지만 눈매가 무척이나 사나웠고 눈동자에서는 은은한 살기가 돌았다.

워낙 잔인하게 일처리를 하여 친한 동료들도 거의 없었다. 반대편 조직에서는 그를 장도리 살인마, 라고 부르며 두려워하기도 했다.

"무슨 일이지?"

"형님께 소포가 왔습니다."

"나한테? 내가 여기 있는지 어떻게 알고?"

아직 도수를 잡지 못했다. 그렇기에 누구에게도 자신의 위치를 알려 주지 않았다.

소포가 간다면 그가 살고 있던 오피스텔로 가야 정상이었다.

이쪽으로 와서는 안 되는 것이다.

"잘 모르겠습니다. 젊은 여자가 클럽 입구에 있던 우리 애들에게 전해 주고 갔답니다."

"젊은 여자가?"

더더욱 알 수가 없는 일이었다.

혹시 혜리가 보낸 것인가. 어제 같은 밤을 보냈던 21살짜리 여대생의 이름이었다. 워낙 잠자리 기술이 좋아서 또렷하게 기억이 난다.

관계 도중 자신도 모르게 이곳 사장이라고 말을 했던 것 같다.

그녀가 아니라면 누구도 자신이 이곳에 있다는 것을 알지 못했다.

민채는 민혁에게 소포 상자를 공손하게 건넸다. 상자는 그리 크지 않았다. 축구공 두 개가 들어갈 정도의 크기였다. 무겁지도 않았다.

민혁은 소포 상자를 흔들어 보았다. 안에서 덜거덕, 덜거덕 소리가 난다.

무게로 봐서는 위험한 것은 들어 있지 않은 모양이었다. 그는 소포를 뜯었다.

안에는 곰돌이 인형 하나와 작은 상자가 하나 더 들어 있었다.

곰돌이 인형을 들어 올렸다. 그러자 곰돌이 인형에게서 '오랜만이야. 오랜만이야.' 라는 말이 흘러나왔다.

여자가 아닌 남성의 목소리였다.

어디서 많이 들었던 목소리.

귀에 익는다.

하지만 누군지 떠오르지가 않았다.

민혁은 작은 상자를 꺼내서 뜯었다. 무엇이 들어 있는지 궁금하다.

"으아아아악!"

상자를 연 순간, 민혁은 기겁을 하고 말았다. 하마터면 소파 뒤로 넘어갈 뻔했다.

"왜? 왜?"

깜짝 놀란 충기와 민채가 다가와서 상자 안을 들여다보았다.

상자 안에는 터진 눈알이 들어 있었다. 검은 눈동자가 그들을 바라보고 있는 듯했다.

"흡......."

그들은 자신도 모르게 숨을 참았다.

그제야 인형에 녹음이 된 목소리의 주인공이 누군지 알아차렸다.

아직 잡지 못하고 있는 도수의 심복 기현이었다.

"도수, 이 씨발놈. 이렇게 나온다 이거지."

민혁의 눈동자에서 핏발이 올라왔다. 살벌한 살기가 그의 몸에서 서서히 피어오르고 있었다.

2.

게임의 법칙

CITY
WILD BEAS

조형은이 가르쳐 준 정보는 상당수가 일치했다. 도대체 얼마만큼의 인맥이 있는지 놀라울 따름이었다.

혹시 강남의 3대 조직이 모두 그의 손에 놀아나는 것은 아닐까, 의문이 들 정도였다.

약간의 오차가 있지만 그것은 거의 신경을 쓰지 않아도 될 정도여서 오차라고 여길 것도 없었다.

도수는 두 개 조로 나눠져 염민혁을 습격했다. 그 와중에 염민혁을 도운 자가 누구인지도 알아냈다.

그는 채충기라는 사내였다. 무대포적인 저돌성에 무척이나 잔혹한 사내라고 알려져 있었다.

도수는 염민혁과 채충기를 동시에 칠 수밖에 없었다.

채충기를 치거나, 염민혁을 따로 치게 되면 놈들은 연계를 끈끈히 할 가능성이 높았다.

서로에게 도움을 주지 못하게 한꺼번에 쳐야 한다.

도수는 기철과 한 조가 돼서 움직였다.

기현과, 수태, 기동과 실현이 한 조였다.

기현은 말도 되지 않는다면서 수태라도 데리고 움직이라고 말했다.

하지만 도수가 거절을 했다.

솔직히 말하면 혼자서 움직이는 것이 편하다.

기철을 데리고 움직이는 것은 염민혁이 그의 얼굴을 모르기 때문이었다.

또한 도수는 어지간해서는 당하지 않을 자신이 있었다.

그는 기현에게 너희들이나 조심해, 라고 말했다. 위험하다 싶으면 무조건 도망치라는 말도 덧붙였다.

도수가 워낙 완고해서 기현도 더 이상 고집을 부릴 수가 없었다.

기현과 동생들은 수원파나 한민광, 둘 중에 하나를 노릴 것이다.

수원파의 조직원들은 본거지를 오래 비울 수가 없으니 서울에 입성한 놈들은 대략 스무 명 안팎으로 보면 된다.

계집애들도 아니고 하루 종일 몰려다닐 일도 없었다. 그 정도면 네 명이서 충분하다.

염민혁은 도수가 잡기로 했다. 도수는 염민혁과 수하들의 사진을 한 장씩 들여다보았다. 자신들이 찍히는지도 모르고 비실비실 웃고 있다.

"한번 공격을 했으면, 한번은 수비를 해야지. 그게 게임의 법칙이잖아. 긴 겨울이야, 너나 나에게나. 염병할 정도로 긴 겨울이지."

도수는 염민혁의 사진을 와락 구겨 버리며 비릿하게 웃었다.

예전에 누군가 그랬다.

바보 눈에는 바보만 보이고, 개새끼 눈에는 개새끼만 보인다고.

그때는 그게 무슨 뜻인지 정확하게 알지 못했다.

하지만 이제는 조금씩 알 것 같기도 하다. 어쩌면 그 말은 직업에 대해서 말하는 것이 아니었을까.

형사들 눈에는 세상 사람들이 반쯤은 범죄자라 보인다고 들었다.

저 사람은 뭐가 이상하고, 이 사람은 뭐가 의심스럽다.

특히 감이 좋은 사람들은 범죄자들을 정확하게 잡아냈다. 도수도 마찬가지였다.

그는 누가 조직 폭력배이고 일반인이지 정확하게 잡아낼 수가 있었다.

대학생처럼, 회사원처럼, 자영업자처럼 겉모습을 치장한다고 하더라도 도수의 눈에는 그들의 모습이 조직 폭력배 그 이상도, 이하도 아니었다.

지금 길거리를 문어처럼 흐느적거리고 걷고 있는 저 사내처럼.

이름이 민채라고 했던가.

겉모습에 속으면 안 된다.

놈은 도살자다.

주머니에 손을 넣고 걷던 그는 안마 시술소를 향해서 들어갔다.

이곳은 강북. 놈의 영역권이 아니었다.

그렇다면 정말로 안마를 하기 위해서 안에 들어갔을까? 그것은 아닐 것이다.

이곳은 안마와 성매매를 동시에 서비스하는 곳이었다.

도수는 기철을 향해서 눈짓을 했다. 놈이 어디로 갔는지 확인하라는 의미였다.

도수의 모습은 너무 눈에 띄었다.

190㎝가 넘는 신장에 머리는 짧고, 뺨에는 자상도 있었다. 한 번 보면 쉽게 잊혀지지 않을 인상이었다. 살갑게 다가오는 사람은 없다고 무방하다.

오직 한 명.

유정의 취향이 특이한 것이다.

기철은 기민채가 들어간 안마 시술소 안으로 들어갔다. 그는 10분쯤 뒤에 나왔다.

"3층 311호 있습니다."

고개를 끄덕인 도수가 안마 시술소 안으로 들어섰다.

자동문이 열리자 카운터에 있던 두 명의 여직원이 자리에서 일어나 상큼한 표정을 지으며 어서 오세요, 라고 말했다. 옆에 서 있던 젊은 남자 직원이 재빠르게 달려와 도수에게 슬리퍼를 가져다주었다.

도수는 아닙니다, 친구 찾으러 왔습니다, 잠깐만 보고 내려오겠습니다, 라고 말했다.

여직원과 남자 직원은 조금 실망한 표정을 짓더니 어디에 있냐고 물었다.

도수는 전화가 왔으니 알아서 찾겠다고 말했다.

그들은 알았다고 대답했다. 뭔가를 더 말하고 싶었지만 애써 입을 다물었다.

도수는 구두를 벗고 3층으로 올라갔다.

복도는 어둡고 침침했다. 약한 불빛이 보이는 전등만 군데군데 달아 놓고 있었다.

목욕 가운을 입은 술에 취한 사내들이 종업원에 손에 이끌려 돌아다녔다.

도수는 그들을 무시하고 3층까지 올라갔다. 그러고는 311호 문 앞에 섰다.

주변을 돌아봤다.

아무도 없었다.

너무 조용해서 독서실에 온 것 같은 느낌이 들었다. 귀를 기울이면 간간히 TV소리가 들린다.

도수는 311호 문에 노크를 했다.

안에서 민채의 목소리가 들렸다.

"들어와."

도수는 문고리를 잡았다. 문을 열고 단숨에 놈을 제압할
생각이다.

덜컥.

문을 열었다. 도수가 안으로 뛰어들었지만 그의 시선에는
민채가 보이지 않았다.

바닥에는 하얀색 이불이 있었고 피던 담배가 재떨이 위에
놓여 있지만 놈은 보이지 않았다.

TV도 켜진 상태.

화장실에 갔나? 라는 의문이 들었다. 급히 그쪽으로 고개
를 돌렸다.

화장실은 문 뒤쪽에 있었다. 그리고 민채도 문 뒤쪽에 있
었다.

강시처럼 창백한 얼굴을 한 그가 도수를 보며 잇몸을 보
이며 희죽 웃었다.

도수의 머리에서 경고음이 울렸다. 놈의 파 놓은 함정에
당했다.

민채의 손이 빠르게 움직였다.

놈의 손이 무엇이 들었는지 모르지만 흉측하고 위험하다
는 것쯤은 본능으로 느낄 수가 있었다.

놈의 손은 정확하게 도수의 안면을 향해 날아왔다. 도수
가 급히 고개를 숙였다.

꽈직!

민채가 들고 있던 장도리가 화장실 문을 강타했다.

나무로 만들어진 화장실의 문이 뻥하고 뚫린다.

순간적으로 도수는 등줄기에서 식은땀이 흐르는 것 같았
다.

민채의 움직임은 굉장히 빨랐다.

그는 화장실 문에 박힌 장도리를 뽑지 않고 팔꿈치로 그
대로 도수의 뒤통수를 가격했다.

빡!

순간적으로 눈앞에 노랗게 변한다.

도수는 그대로 무릎을 꿇고 말았다. 다리의 힘이 쭉 빠지
는 듯한 느낌이었다.

그제야 민채는 화장실 문에 박힌 장도리를 뽑았다.

"네놈만 우리를 쫓는 것이 아니야. 우리도 네놈을 쫓고
있었지. 서로가 서로를 노리는데, 목을 내밀 놈들이 누가
있을까, 멍청한 경태 새끼 빼고는."

목소리에 가래가 낀 것 같은 목소리였다. 칠판을 손톱으
로 긁는 것처럼, 식판을 포크로 긁는 것처럼 듣기에는 상당
히 귀가 거북했다.

생긴 것도, 목소리도 모두 사람 새끼 같지가 않았다.

정신이 조금씩 돌아오는 것을 느낀 도수가 몸을 옆으로
흘렸다.

민채의 장도리가 쫓아온다. 그의 장도리는 연속으로 위에

서 아래로 내려찍었다.

쾅! 쾅! 쾅!

"크흑."

빌어먹을, 욕설이 저절로 튀어나온다.

좁은 방이어서 그런지 아니면 도수의 덩치가 커서 그런지, 그것도 아니면 민채의 장도리를 다루는 솜씨가 뛰어나서 그런지는 몰라도 내려친 공격이 모조리 등에 꽂혔다.

두 대는 다행히도 근육에 맞았지만, 마지막 한 대는 등허리 견갑골에 명중했다.

으득, 소리가 나며 오른쪽 팔의 힘이 쭉 빠진다.

몸의 반이 마비가 된 것 같았다. 손아귀에는 힘이 들어가지 않았다.

"큭큭큭, 이거 왜 이러시나. 그 유명한 회장님께서 이리도 허약해서 쓰나. 소문으로는 맨손으로 일본도도 잡는다고 하던데. 이게 어찌 된 일일까."

민채의 가래 섞인 목소리가 계속해서 도수의 신경을 건드렸다.

도수는 억지로 상체를 일으켰다.

오른쪽 어깨가 떨어져 나갈 것 같은 고통이 밀려왔다. 의도하지 않았지만 식은땀이 줄줄 흘렀다.

민채는 장도리를 거꾸로 들고 올려쳤다. 복싱의 어퍼컷과 비슷한 공격이었다.

그리고 매우 위험천만한 공격이기도 했다. 장도리의 턱이

나 얼굴을 정면으로 맞는다면 어떤 사태로 번질지 예상하지
않아도 충분히 알 수가 있었다.

도수는 허리를 뒤로 눕혔다.

조금만 움직여도 비명이 나올 것 같은 고통이 뼈를 자극
했지만, 피하지 않을 수는 없었다.

그는 뒤로 넘어가면서 왼팔을 뻗었다. 장도리가 아슬아슬
하게 도수의 얼굴을 스치고 지나가자 왼팔로 장도리를 든
손을 잡았다.

도수는 그대로 뒤로 넘어갔다. 그의 몸무게를 이기지 못
한 민채가 앞으로 딸려 왔다.

민채는 급히 다리에 힘을 주어서 도수의 몸무게를 지탱했
다.

도수는 누우려고 하고 민채는 버틴다. 둘은 기묘한 자세
를 유지했다.

도수가 손을 놓거나, 민채가 도수에게 끌려가게 되면 어
느 쪽이든 목숨을 잃을 수가 있었다.

"크흑, 이 새끼."

민채가 어금니를 꽉 깨물었다.

몸무게도 몸무게지만 도수의 힘이 엄청났다. 그가 잡은
팔목이 부러질 것만 같은 고통이 일어났다.

땡그랑—

끝내 민채의 손바닥이 펴지고 말았다. 잡고 있던 장도리
는 구들장에 떨어지며, 조금씩 민채의 몸이 앞으로 기울어

졌다.

그의 표정에서 여유로움이 사라졌다. 점점 흑색으로 변해
간다.

"크으으윽, 아, 안 돼."

이윽고 민채가 도수의 앞으로 끌려가고 말았다.

동시에 도수는 민채의 팔을 잡고 몸을 회전시켜 다리로
휘어 감았다.

소위 암바라는 기술이었다.

도수는 두 번 생각하지 않고 팔을 꺾었다.

"크아아아악!"

민채의 팔꿈치가 수수깡처럼 부러졌다. 부러진 팔꿈치는
팔의 근육을 찢고 밖으로 튀어나왔다.

도수는 거기서 멈추지 않았다. 팔뚝을 더욱 강하게 꺾는
다.

우드득—

소름끼치는 소리가 좁은 방 안에 가득 울렸다.

어깨뼈가 탈골이 되는 소리였다.

완전히 부러트렸으니 다시는 본래대로 돌아가지 못할 것
이다.

어쩌면 숟가락도 들지 못할 수도 있었다.

오른쪽 팔의 기능은 완전히 상실했다.

"크흑, 크흑."

둘은 잠시 떨어졌다.

거구의 두 사내가 좁은 곳에 서 있자 방 안이 가득 찬 것
처럼 보였다.

또한 두 명 모두 오른팔을 쓰지 못한다.

오른팔을 쓰지 못한다고 하더라도 손실은 민채가 훨씬 컸
다.

팔꿈치의 뼈가 완전히 부러져서 살을 뚫고 나오고, 어깨
뼈의 탈골도 심하다.

엄청난 양의 피가 방바닥에 떨어진다.

"이거, 이거 꼴에 회장이라고 쉽게 죽어 주지 않겠다는
건가."

민채는 숨을 헐떡이며 말했다. 도수를 바라보는 매서운
눈빛이 점점 살기를 더해 간다.

반면 도수의 눈빛은 차갑게 가라앉고 있었다. 마치 무생
물을 대하는 것 같다.

"끝내도록 하지."

"끝은 내가 내야지. 새끼야."

민채는 장도리를 든 왼손으로 도수에게 달려들었다. 오른
손잡인지 왼손으로 사용하는 장도리는 어설펐다. 내려치는
힘도 훨씬 약했다.

도수는 슬쩍 옆으로 비켜섰다. 장도리가 위협적으로 도수
의 앞을 스쳐 지나갔다.

도수는 민채의 뒷덜미를 잡아챘다.

그러고는 망설임 없이 그대로 밀어 버렸다. 힘을 이기지

못한 민채가 앞으로 밀려갔다.

꽈직!

그의 머리가 TV와 정면으로 부딪쳤다. 브라운관이 산산 조각이 나며 방바닥에 흩어졌다.

깨진 이마에서 피가 주룩주룩 흘러내렸다.

충격이 꽤나 강한지 민채는 움직이지 않았다.

거칠게 내쉬는 숨소리만이 그가 살아 있다는 것을 말해 줬다.

도수가 비틀거리며 앞으로 다가가 발로 민채의 몸을 뒤집었다.

아직 의식을 잃지는 않았다.

그는 흐릿하게 눈을 뜨고서는 어떡하든 일어나려고 바동 바동거렸다.

도수는 그의 가슴에 발을 얹었다.

다리에 힘을 싣자 민채는 '컥' 소리를 내며 꼼짝도 하지 못했다.

"제, 제기랄."

도수는 점점 다리에 힘을 주었다. 민채의 입이 점점 벌어진다.

가슴에서 우드득 소리가 나며 뼈가 갈라지는 소리가 들렸다.

"아프냐?"

"주, 죽여, 개새끼야! 가지고 놀지 말고."

민채는 눈동자는 시퍼렇게 변했다. 악에 받친 것처럼, 광기에 찬 것처럼.

악에 받쳐서 도수에게 소리를 지른다.

"아니, 네놈 편하라고 쉽게 보낼 수는 없지."

도수는 민채의 장도리를 주었다.

"무, 무슨 짓을 하려는 거야! 이 개새끼!"

"이런 짓."

도수는 그의 입에 옆에 굴러다니던 수건을 우겨 넣고는 사정없이 팔과 다리를 향해서 장도리를 휘둘렀다.

처음 목표는 손가락.

장도리에 맞은 손가락이 모조리 부러졌다. 기형적으로 꺾인 손가락은 보기에도 흉물스러웠다.

"큽큽큽."

고통을 이기지 못한 민채는 고개를 좌우로 마구 흔들었다. 움직이려고 하지만 가슴을 밟고 있는 도수의 발을 뿌리칠 수가 없었다.

쾅! 쾅! 쾅!

계속해서 장도리를 휘두른다.

무릎이 깨졌다. 발가락이 부러졌다. 쇄골이 부러졌다.

끔찍한 고통을 이기지 못한 민채는 혼절하고 말았다. 도수는 그의 얼굴에 찬물을 끼얹어서 깨웠다.

깨어난 그의 눈동자에서는 아까와 같은 독기가 사라지고 보이지 않았다.

"왜 그래? 네놈도 이렇게 다른 사람들을 죽였을 텐데. 네놈이 당하니까 고통스러워? 걱정하지 마라. 아직 끝나지 않았으니까."

아직 감각이 남은 등줄기가 오싹해진다.

"읍읍읍읍."

더 이상 견딜 수가 없었던지 민채는 마구 고개를 가로저었다.

그의 간절한 소망을 들어줄 도수가 아니었다.

그렇게 도수는 민채의 뼈를 조각냈다. 온몸에 철심을 박은 채 적어도 1년 이상 병원에 입원을 해야만 조금이나마 움직일 수 있을 정도의 큰 중상이었다.

민채는 정신을 놓아 버렸다.

눈동자의 초점이 사라지고, 허공만을 뚫어지게 바라봤다. 입에서는 침이 질질 흘러나왔다.

도수는 민채의 품을 뒤져서 핸드폰을 꺼냈다.

요즘 유행하는 스마트 폰이 아니라 예전에 쓰던 구형 폴더 폰이었다.

폴더를 열고 안에서 염민혁의 이름을 찾았다. 염민혁의 이름은 없었다.

대신 회장님이라는 단어가 나왔다.

그가 누구를 뜻하는지 모르지는 않았다.

벌써부터 회장님이라……

참으로 기고만장한 인간이 아니던가.

도수는 단축 번호를 눌렀다.

신호가 간다.

—나다.

염민혁의 목소리가 들렸다. 어쩐지 그의 목소리가 반갑게 느껴졌다.

따지고 보면 도수의 원한 상대는 소종태였지만, 지금은 염민혁이 더욱 싫었다.

놈의 악질적인 행동과 상도가 없는 행위는 도수의 악의를 더욱 들끓게 만들었다.

"나다."

도수가 대답했다.

—나다?

염민혁은 어이가 없는 모양이었다. 아직 상대가 민채인지 착각을 하는 모양이었다.

"네놈의 한 팔을 이곳에 잘라 놨지. 어서 와 보지 않으면 죽을지도 몰라."

—…….

염민혁은 아무런 말을 하지 않았다. 그가 입을 연 것은 약 10초가 지난 후였다.

—도수냐?

"그렇게 다정하게 이름을 부를 사이가 아닌 것으로 아는데."

—민채는 죽었나?

"직접 알아보는 게 좋을 거야."

—개자식, 내가 널 가만히 둘지 아나!

"가만히 두지 않으면 어쩔 건데. 또 누군가를 매수하게? 마음대로 해 봐."

—죽여 버리겠다. 조각조각 뼈와 살을 분리해서 개먹이로 던져 주지.

"그거 마음에 드는군. 네 말 그대로 돌려주지. 네놈의 뼈와 살을 분리해서 개먹이로 던져 주지. 한마디 덧붙이자면 네놈의 편에 붙은 놈들이 보는 앞에서 말이야."

—개소리하지 마!

"기다리고 있으라고. 하나씩, 하나씩 목줄, 틀어 줄 테니까."

그 말을 끝으로 도수는 전화를 끊었다.

그는 전화기를 들고 옷단장을 하고서는 방문 밖으로 나갔다.

복도에는 아무도 없었다.

꽤나 시끄러웠을 텐데, 나름 다행이다 싶었다. 하지만 걸을 때마다 등허리가 빠질 듯이 아파왔다.

아무래도 병원에 가 봐야 할 듯싶었다. 참는다고 될 문제가 아니었다.

만약 견갑골이 부러지기라도 했더라면 행동하는 데 상당한 지장을 초래할 것이다.

도수는 어금니를 물고 아무렇지도 않다는 듯이 1층으로

내려왔다.

카운터에 앉아 있던 여종업원들이 자리에서 일어나 도수에게 인사를 했다.

"친구 분은 만나셨어요?"

도수는 고개를 끄덕였다.

"그럼 마사지를 받고 가실 겁니까?"

도수는 고개를 저었다. 그는 카운터 위에 전화기를 올려놓았다.

"친구가 한숨 푹 잔다고 하니까 깨우지 마십시오. 전화가 올 테니 대신 받아 주시면 됩니다."

"네?"

여자종업원이 되물었지만 도수는 대답하지 않았다.

그는 옷을 여미고 밖으로 나왔다. 아직 밤이 되지, 않았지만 날씨는 꽤나 쌀쌀해졌다.

뉴스에서 20년 만에 한파가 열흘 간격으로 몰아친다고 하니 헛말이 아닌 듯싶었다.

아무래도 평생 기억에 남을 겨울이 될 것 같았다.

도수가 안마 시술소를 나오는 것을 본 기철이 다가왔다.

"끝나셨습니까, 회장님."

"그래, 가자."

"어디로 가면 됩니까?"

"일단 병원으로 가자."

"병원이요?"

기철은 꽤나 놀란 모양이었다.

그는 급히 도수의 몸을 눈으로 훑었다. 겉으로 보기에는 아무데도 다친 곳이 없어 보였다.

"그런 눈으로 보지 마라. 괜찮으니까."

"아, 알겠습니다."

기철은 고개를 끄덕였다.

더 이상 묻지 않았다. 강철과 같은 도수가 병원에 가자고 할 정도니 크게 다친 모양이지만, 묻지 않는 것이 그에 대한 예의인 것 같았다.

기철은 공영 주차장에 세워 놓은 차를 재빠르게 가지고 와서 도수를 태우고는 근처 병원으로 향했다.

*　　*　　*

기현은 한민광을 쫓고 있었다.

한민광은 기현이 직접 선별하여 신 신사동 파 간부에 앉힌 인물이다.

그런 그가 뒤도 돌아보지 않고 배신을 때렸다.

놈은 처음부터 동료가 될 생각이 없었던 것이다.

그로 인해서 신사동 파는 괴멸적인 타격을 입었다.

기현이 가장 아끼던 후배 중에 한 명인 류현이 실종되었다.

아마도 죽었을 확률이 매우 높으리라.

나름 끝까지 의리를 지켰던 형식이 형님도 사라졌다. 그 역시 죽었을 것이다.

직접적인 원인은 경태와 모필의 배신이었지만, 한민광의 배신도 크게 한몫을 했다.

다른 사람은 몰라도 기현은 한민광만큼은 용서할 수가 없었다.

한민광은 8층 건물에 위치한 스크린 골프 연습장으로 들어갔다.

간판이 3층에 붙어 있는 것으로 보아 골프 연습장도 3층에 있을 것이다.

그를 경호하는 다섯 명의 사내들도 함께였다. 이런 시기에 골프 연습이라니 꽤나 배짱이 좋은 놈이었다.

아니면 누구라도 이겨 낼 수 있다는 자신감이 있든지.

"수태, 실현아."

"네, 형님."

"네, 실장님."

수태와 실현이 대답을 했다.

실현은 기현보다 나이가 많았지만, 조직의 서열상 깍듯하게 형님으로 대접했다.

"너희들은 계단으로 올라가서 뒤쪽을 쳐라. 시간은 정확하게 지금부터 10분 후다. 만약 여의치 않은 상황이면 바로 뒤로 물러나라."

"알겠습니다."

수태와 실현이 고개를 끄덕이고는 건물 안으로 들어갔다. 엘리베이터를 타지 않고 비상계단을 이용하여 위층으로 향했다.

기현은 기동과 함께였다.

그들은 건물로 들어가 엘리베이터의 버튼을 눌렀다.

건물 크기에 비해서 엘리베이터는 하나밖에 없었다. 그들의 등 뒤로 꽤나 많은 사람들이 줄을 섰다.

엘리베이터 문이 열리자 사람들이 우르르 내렸다. 기현과 기동은 엘리베이터에 올라탔다.

뒤에 있던 사람들도 탄다. 너무 많은 사람들이 탔는지 삐익 소리가 났다.

가장 뒤에 탔던 사내가 짧은 욕을 내뱉으며 엘리베이터에서 내렸다.

기현은 간신히 손을 뻗어서 3층을 눌렀다.

다른 사람들은, 4층, 5층, 6층, 7층, 8층, 모두를 눌렀다. 올라가는 데 꽤나 오랜 시간이 걸릴 듯했다.

기현과 기동은 엘리베리터에 가장 먼저 올라탔다.

당연히 가장 안쪽에 있었고, 3층은 가장 가까웠다.

3층 문이 열리자 그들은 사람들을 억지로 비집고 나와야만 했다.

그 짧은 시간 동안 이마에서 땀이 줄줄 흐른다.

초반부터 뭔가 꼬이는 느낌이 들었다.

문이 열리자 스크린 골프 연습장의 정문이 바로 코앞에

있었다.

정문 옆에는 회원들을 위한 사물함과 신발장이 있었다.

정문 앞으로 다가가자 자동문이 열리자 자동문 옆에 붙어 있는 카운터에서 20대 초중반으로 보이는 평범하게 생긴 아가씨가 자리에서 일어나 어서 오세요, 라고 말했다.

기현은 고개를 끄덕인 후 주위를 살폈다.

카운터에서 5m쯤 떨어진 곳에 긴 소파가 세 군데 놓여 있었고, 벽면에는 골프 잡지가 가득했다.

두 명의 사내들이 골프 잡지를 들고 소파에 앉아서 휘휘 넘기고 있었다.

한민광을 경호하는 사내들 중에 두 명.

그들은 기현과 기동이 안으로 들어서자 눈동자만 들어서 훑어보았다.

기현과 기동은 그들을 뒤로 하고 안으로 들어갔다.

두 명의 경호원들은 잡지를 놓고 자리에서 일어났다. 그들은 기현과 기동의 뒤를 따라 걷기 시작했다.

자리에서 일어났던 카운터 아가씨는 불안함을 느끼고 아무런 말을 하지 않았다.

스크린 골프는 몇 군데에 나눠서 있었다. 일반 회원들과 고급 회원들을 나눠 놓은 모양새였는데, 일반 회원들이 있는 연습장에는 한민광이 없었다.

기현과 기동은 더욱 안쪽으로 들어갔다.

자동문이 한 번 더 열리고 일반 회원들이 사용하는 연습장보다 조금 더 크고 세련된 연습장이 나왔다.

가장 끝 쪽에서 골프공이 맞는 소리가 들렸다. 놈은 그곳에 있을 것이다.

"나이스 샷!"

"역시 형님이십니다. 이거, 프로 골퍼라고 해도 믿겠습니다."

아부하는 경호원들의 말소리가 귀를 간질였다.

"그래? 이것 생각보다 쉽구만. 배운 지 반년밖에 안 됐는데, 뭐, 별거 아니네. 차라리 이 길로 나갈 볼까? 유명한 프로 골퍼처럼처럼 일 년에 수십억씩 벌 수 있을 것 같은데."

한민광의 목소리가 들렸다.

"하하, 충분히 가능성이 있습니다. 만약 형님께서 그 길로 가시게 되면 저는 캐디를 시켜 주십시오, 아니면 매니저도 좋습니다. 목숨 받쳐서 일을 하겠습니다."

"저도 마찬가지입니다. 형님."

기현과 기동은 그들 앞으로 다가갔다.

일반 회원들이 있는 곳은 자리가 모두 찼지만 고급 회원이 있는 곳은 그들밖에 없었다.

있었다고 하더라도 한민광과 경호원들이 거칠게 욕설들을 많이 해서 오늘은 일찍 접고 들어갔을 것이다.

"오랜만이네, 민광이."

기현이 민광을 향해서 말했다.

골프채를 휘두르려던 민광이 멈칫거렸다.

그는 고개를 돌려 기현을 바라봤다. 보는 순간 얼굴이 심하게 일그러졌다.

"아직 안 뒈지셨소?"

"아직, 네 눈깔에 보일 테니 아직 죽을 때가 아닌가 보다."

"염병, 차라리 조용히 묻혀서 살 것이지, 뭐 좋은 것이 있다고 이렇게 납시셨소. 얼굴 보여 봤자 뒈지는 길뿐일 텐데."

"그러게 말이다. 네놈을 간부로 임명한 내 손과 눈을 뽑아 버리고 싶은 심정이다. 그래서 네놈 죽이기 전에는 못 죽을 것 같아서 이렇게 기어 나왔다."

"미안하지만 당신 혼자 뒈져야겠수다."

한민광이 희죽 웃었다.

그는 믿는 구석이 있었던 모양이다.

어느새 휴게실에 있던 두 명의 경호원이 다가와 기현과 기동의 등 뒤에서 칼을 뽑고 있었다.

"이 덩어리들 믿는 거라면 번지수 잘못 찾은 거야."

기현은 엄지손가락으로 등 뒤를 가리키며 말했다.

어느새 다가온 수태와 실현이 칼을 뽑아서 두 경호원들의 옆구리에 박아 넣었다.

"크어억!"

몸속을 파고드는 날카로운 소리와 함께 사내들을 비명을

질렀다.

수태와 실현은 칼을 몸에 박은 채로 사내들을 벽면으로 밀어붙였다.

그들이 들고 있던 칼은 카펫을 깔아 놓은 바닥에 떨어졌다.

사내들의 몸속에서 뿜어져 나온 피가 카펫을 적셨지만, 붉은색이어서 그런지 티도 나지 않았다.

수태와 실현은 아무런 말도 하지 않은 채 놈들의 옆구리에 박힌 칼을 뽑았다.

서걱, 소리와 함께 배의 옆 부분이 잘려 나갔다.

그들은 붕어처럼 입을 뻐끔거리며 벽에 등을 대고 주르륵 미끄러져 바닥에 엉덩이를 댔다.

"어쩌냐, 머릿수가 같아졌네."

기현은 비릿하게 웃었다. 민광을 바라보는 눈동자에서는 살기가 어려 있었다.

"개소리 집어치우쇼. 겨우 네 명이서 나를 잡으려고? 내가 누군지 알 거 아니요. 나 한민광이요, 한민광."

"개소리는 너나 하지 마."

기현이 움직였다.

그는 앞으로 튕겨져 나가며 팔꿈치로 한민광의 명치를 날려 버렸다.

거들먹거리던 한민광으로서는 꽤나 큰 충격이었다. 그는 배를 움켜잡고 무릎을 꿇은 채 엎어지고 말았다.

"쿨록쿨럭, 이런 씨바."

다른 세 명의 경호원들이 한민광의 앞을 가로막았다. 그들은 품에서 칼을 빼내 들었다.

기현의 다음으로는 기동이 움직였다.

그는 칼을 빼들던 경호원의 사타구니와 목을 잡고서는 있는 힘껏 끌어올렸다.

경호원의 몸이 붕 뜨더니 건너편 연습실에 처박히고 말았다.

기동은 재빠르게 그에게 달려가 구둣발로 놈의 면상을 그대로 뭉개 버렸다.

120㎏가 넘는 무게로 차 올린 충격이다.

방어를 해도 막을 수 있을까, 말까 한 충격을 얼굴로 그대로 받았으니 무사하기란 힘들었다.

사내의 목에서 우드득 소리가 들리더니 고개가 반쯤 돌아가고 말았다.

다른 경호원들은 기현을 향해서 칼을 휘둘렀다.

기현의 앞을 수태와 실현이 가로막았다.

서로가 칼을 휘두른다. 워낙 날이 날카로워서 막을 수는 없었다.

담이 작으면 칼 앞에서 꼼짝도 하지 못한다. 앞으로 전진하는 것은 물론이고, 어떤 식으로 피해야 되는지도 알지 못했다.

하지만 그들은 꽤나 칼을 다뤄 봤던 전문 칼잡이들.

칼의 길이와 팔의 길이를 잘 파악하고 있었다. 어느 정도 거리를 둬야 안전한지도 알았다.

눈에 보이지 않을 정도로 칼들이 휘둘러진다.

"이 씨발 새끼!"

숨을 고른 한민광이 일어났다.

그는 바닥에 떨어졌던 골프채를 들고 기현을 향해서 휘둘렀다.

기현은 급히 고개를 숙였다. 그의 머리 위를 스치듯이 골프채가 지나쳤다.

골프채는 꽝 소리를 내며 연습실의 한쪽 벽면을 쳤다.

나무로 만들어져 있는지 벽면은 쉽게 구멍이 뚫렸다.

"너 뒈졌어."

한민광은 눈동자에서 살기가 넘실거렸다.

사람을 죽일 때나 보이는 살벌한 눈빛이다.

다른 사람은 모르지만 기현이 그 정도의 눈빛에는 겁을 집어먹지 않는다.

차가운 눈빛으로 아무런 감정을 보이지 않은 재 사람을 죽이는 놈이 진짜 무서운 놈이었다. 저런 눈빛은 이성보다 감정이 앞선 것이다.

상대하기가 훨씬 쉬웠다.

한민광은 마구잡이로 골프채를 휘둘렀다.

워낙 거세게 휘둘러서 안쪽으로 접근하기가 쉽지 않았다. 또한 연습실 안이 좁아서 조금만 방심을 하면 골프채에 맞아 척추가 크게 손상이 될 것만 같았다.

꽈직!

한민광이 휘두른 골프채가 스크린에 맞았다.

스크린이 북 찢어지며 골프채를 휘어 감았다.

한민광은 힘을 줘서 골프채를 바깥으로 당겼지만 빠지지 않았다.

이 틈을 놓칠 기현이 아니었다.

그는 재빠르게 안쪽으로 파고들어 한민광의 옆구리를 향해서 주먹을 쳐서 올렸다.

"씨발놈, 속았지?"

어느새 한민광은 골프채에서 손을 놓고 있었다. 대신 잭나이프가 들려 있었다. 그는 잭나이프를 거꾸로 쥐고 기현의 어깨를 찍었다.

"크흑."

잭나이프가 어깨를 파고들었다. 고통도 고통이지만, 근육이 찔려서 팔의 힘이 빠져나갔다.

"바보 같은 새끼. 내가 무식하게 골프채만 휘두를 줄 알았던 모양이지?"

한민광은 연속으로 잭나이프를 찍었다.

푹! 푹!

기현은 두 번이나 잭나이프에 찔리고서야 간신히 사정거리에서 벗어날 수가 있었다.

상당한 양의 피가 흘러나와 그의 하얀색 와이셔츠를 적셨다.

두터운 코트를 입고 있었던 것이 천만다행. 코트를 입고 있지 않았다면 치명상을 입었을 수도 있었다.

그렇다고 상처가 가벼운 건 아니었다.

한민광은 기현을 놓칠 생각이 없었다.

기껏 잡은 승기.

여기서 기현을 놓치면 자신의 목숨이 위험하다는 것쯤은 그간의 경험으로 알고 있었다.

그의 잭나이프가 기현의 목을 노렸다. 기현은 팔을 들었다.

푹!

잭나이프가 팔뚝에 꽂혔다. 덕분에 잠시간 둘의 움직임이 멈췄다.

기현은 잭나이프를 잡고 있던 한민광의 팔목을 움켜잡았다.

한민광은 안쪽을 팔목을 당겼다. 팔목을 당기자 기현이 쫓아 들어간다.

기현의 이마가 한민광의 콧잔등을 그대로 들이박았다.

꽈직!

충격을 받은 한민광이 뒤로 물러났다.

코가 부러지면서 시퍼렇게 변했다. 기현은 그의 가슴에 어깨를 대고 계속해서 앞으로 밀었다.

팔뚝과 등에 칼을 맞아서 제대로 힘을 쓸 수가 없기에 나온 고육지책이었다.

한민광은 연신 뒤로 물렸다.

그의 등이 스크린에 닿아, 더 이상 뒤로 물러날 수도 없었다.

잭나이프를 들고 있는 손은 기현에게 잡혀서 움직이기가 쉽지 않았다.

"이, 이 개자식이."

한민광이 팔을 부들부들 떨며 욕설을 내뱉었다.

기현은 한민광의 팔을 있는 힘껏 밀어 올렸다.

쾅!

그의 손등이 벽면에 부딪쳤다. 충격으로 잭나이프를 바닥에 떨어트릴 수밖에 없었다.

기현은 자세를 바꿔 그의 머리채를 잡고 그대로 벽면에 밀어 버렸다.

쾅!

한민광의 뒤통수가 벽면에 강하게 부딪쳤다. 벽면이 울릴 정도로 강한 충격이었다.

한민광은 기현의 등에 손을 뻗었다. 손가락이 기현의 등에 난 상처를 후벼 파, 그의 손가락 사이로 울컥울컥 피가 솟구쳐 올랐다.

온몸에 마비가 올 정도로 무시무시한 고통이 뇌리를 강타했다.

하마터면 입을 벌려 비명을 지를 뻔한 기현이었다. 그는 어금니를 강하게 물며 고통을 참아 냈다.

있는 힘껏 한민광의 머리통을 벽면에 밀어붙인다.

쾅!

다시 한 번 더.

쾅!

한민광도 머리통이 깨질 것만 같은 고통을 느꼈다.

이러다가 두개골이 박살 나지 않을까, 라는 두려움도 밀려왔다. 하지만 여기서 백기를 들 수는 없었다.

그 역시 사력을 다해서 기현의 상처를 손가락으로 찢어 놨다.

먼저 의식을 잃는 사람이 죽음이라는 고통을 맛볼 것이다. 그것을 알기에 먼저 의식을 잃을 수도 없는 극한 상황에 처하고 말았다.

쾅! 쾅!

기현의 힘이 다하고 있었다.

점점 한민광의 머리를 찧는 힘이 약해졌다.

등은 아예 감각이 느껴지지가 않았다. 피가 등허리를 타고 줄줄 흘러내렸다.

쾅!

기현은 더 이상 견딜 수가 없었다. 놈이 이 정도까지 버티는 것이 믿기지가 않았다.

머리통이 부서졌을 텐데.

독종 중에 독종.

"형님!"

"실장님!"

기동과 실현의 목소리가 들렸다. 그들은 다가와 기현을 부축했다.

기현의 힘이 풀리며 축 늘어졌다. 기동과 실현은 조심스럽게 기현을 바닥에 눕혔다.

"……놈들은?"

기현은 힘겹게 입을 열었다.

"모두 처리했습니더."

기동이 말했다.

그의 말대로 한민광의 경호원들은 신음을 흘린 채 바닥에 쓰러져 있었다.

사지에 구멍이 났으니 움직이고 싶어도 움직이지 못할 것이다.

"한민광이는……."

"저 앞에."

실현이 벽면을 가리켰다. 기현은 흐릿한 눈으로 벽면을 바라봤다.

한민광의 두개골이 벽을 뚫고는 박혀 있었다. 그의 사지가 부들부들 떨리고 있었으며 입에서는 게거품이 나와서 턱을 타고 흘러내렸다.

동공을 풀려 있고, 이빨이 위아래로 딱딱 부딪쳤다. 뭔가 작게 계속 말을 한다.

"씨, 발놈…… 씨, 발놈…… 뒈, 졌 어…… 나, 나, 나

한민광이야. 씨, 발 놈······."

자신이 무엇을 말하고 있는지도 모를 것이다.

"기동아, 엎어라. 일단 병원부터 가자."

수태가 기동에게 말했다.

고개를 끄덕인 기동이 기현을 조심스럽게 업었다.

워낙 많은 피를 흘려서 걱정이 된다.

"나, 조금만 쉬겠다. 오늘 안에 간부들을 모조리 끝장내
야 하니까."

"행님, 그런 말 마이소. 일단 목숨이 중요한 것 아입니
꺼. 병원부터 가입시다. 상처 치료 받고 그때 얘기합시더."

기동이 쿵쿵 거리며 밖으로 뛰어나갔다. 그의 뒤를 수태
와 실현이 빠르게 쫓았다.

그들이 나간 자리에는 경련을 일으키고 있는 한민광과 경
호원들이 있었다.

3.
겨울비가 내리는 날

CITY OF
WILD BEAST

한파가 지나자 날은 훨씬 포근해졌다. 오래간만에 기온은 영상으로 올라갔다.

온몸을 잔뜩 싸매고 있던 사람들도 목도리와 벙거지 모자를 벗었다.

꽁꽁 얼었던 빙판길도 녹는다.

한없이 길 것만 같았던 겨울도 조금씩 물러나는 기색이었다.

곧 봄이 올지도 모르겠다.

도수의 뼈는 크게 다치지 않았다. 단순한 타박상이었다.

장도리로 워낙 강하게 맞아서 충격이 오래 갔던 것 같았다.

도수의 입장에서는 천만다행이 아닐 수 없었다.

만약 뼈가 부러졌다면 염민혁을 잡는 데 상당한 출혈을 각오해야 했으니 말이다.

도수는 압박 붕대를 감고 찜질방에서 하루 휴식을 취했다.

기철이 호텔을 잡겠다고 말했지만 거절했다. 충분한 휴식도 중요했지만 굳은 근육을 풀어 주는 것도 그에 못지않게 중요했다.

충분한 찜질을 몇 번이나 하고 근육을 풀었다.

열탕에 들어간 채 근육을 이완시키자 그동안 쌓였던 피로들이 조금씩 빠져나갔다.

"회장님."

기철이 옆에 앉은 채 조용히 도수를 불렀다.

"밖에서는 회장님이라고 부르지 말라고 했잖나."

"아, 예. 큰 형님. 다름이 아니고 이제 어쩌실 생각이신지 궁금해서요."

도수는 목까지 뜨거운 물을 담근 채 눈을 감고 있었다. 그는 짧게 대답했다.

"기다린다."

"기다려요?"

"그래, 놈의 팔과 다리가 모두 잘려 나갈 때까지 기다리면 된다."

"기현이 형님이 염민혁의 수족들을 모두 잘라 낼 때까지 말입니까?"

"맞아."

기철은 알겠다는 듯이 고개를 끄덕였다.

"이렇게 속전속결로 처리하는 이유는 염민혁이 정신을 차리기 전에 일을 끝내시려고 했던 거군요. 처음에는 염민혁과 똑같은 방식으로 일을 처리하시려는 줄 알았습니다. 그럼 내일 밤이 적기겠네요."

도수는 눈을 떴다. 생각보다 판을 읽을 줄 아는 능력이 있었다.

기현 정도는 아니지만, 기동과 실현보다는 판을 보는 능력이 좋았다.

그는 흥미로운 눈빛으로 기철을 바라봤다.

다른 조직원들과 다르게 문신 하나 없는 매끄러운 몸.

도수도 가족을 잊지 않기 위해서 어머니와 도영의 이니셜을 양쪽 어깨에 그려 넣었다.

하나 기철에게는 작은 글자 하나 보이지 않았다.

전혀 조직원으로 보이지가 않는다.

"왜 내일이 적기라고 생각하지?"

"내일이면 압구정 파는 발칵 뒤집힐 겁니다. 단 하룻밤 사이에 핵심 멤버들이 모조리 사라졌으니까요. 염민혁은 누가 그런 저질렀는지 알 겁니다. 하지만 놈은 저번처럼 숨지 않을 겁니다. 어떻게 얻은 강남인데요. 여기서 물러나면 다시 회복할 수 없다는 것도 느끼고 있을 겁니다. 그것이 사실이고요."

"그래서?"

도수는 흥미롭게 기철을 바라봤다.

"그는 이번 기회에 큰 형님과 끝장을 보려고 할 겁니다. 시간을 끌면 끌수록 그는 불리해집니다. 그의 수족들이 사라진 것을 알면 숨을 죽이고 있던 신사동 파의 잔존 세력들이 가만히 있지 않을 테니까요. 그들이 결속하여 형님에게 모여들 것이라고 염민혁을 생각할 겁니다. 그렇다면 아직 세력이 남아 있고, 신사동 파의 잔존 세력 귀에 들어가기 전에 모든 일을 처리해야 한다…… 그 조건을 만족시키는 날은 바로 내일이라고 생각합니다. 그는 최대한 자신의 세력을 한곳에 집결시킬 겁니다. 그리고 큰 형님께서 자신을 치러 오기를 기다리겠죠."

"맞아. 아마도 그렇겠지."

도수는 순순히 시인했다.

그리고 장하다, 라는 눈빛으로 기철을 바라봤다.

막내 동생 같은 놈이다.

어두운 과거를 가지고 있지만 그렇다고 천성까지 삐뚤지는 않았다.

성격이 밝아서 그런지 누구와도 잘 어울렸다.

특히 기동과는 자주 연락을 하는 모양이었다.

싸움 실력은 형편없지만 그는 반드시 새로운 신사동 파의 기둥이 될 것이라고 여겨졌다.

이번 싸움이 끝나면 조직 폭력배로서의 외모를 떨쳐 버릴 생각이다.

이미 현율 실업이라는 간판도 내걸었다.

염민혁만 아니었다면 회사는 조금씩 굴러가기 시작했을 것이다.

"염민혁이 수하들을 모두 불러들인다면 저희가 놈을 치기가 상당히 어려워질 겁니다."

"괜찮다."

"적어도 스무 명 이상은 될 겁니다. 전혀 괜찮지 않습니다."

"어차피 오합지졸이다. 수족들을 잘라 낸 것으로 놈은 전투력의 반을 잃었다. 아무래 대가리가 많아 봤자 중간보스급 한 명보다 못하지."

"그렇습니까?"

"그래, 이쪽 세계뿐만이 아니다. 사회 자체가 그런 시스템이다. 일반 사원 열 명보다 한 명의 과장이 중요하고, 열 명의 과장보다 한 명의 부장이 중요하다. 백 명의 부장보다 한 명의 사장이 중요하고, 백 명의 사장보다 한 명의 회장이 중요하다. 이해하겠나?"

"네, 극단적으로 말하면 한 명의 대통령이 쓰러지면 나라 전체가 휘청거린다는 말이죠?"

"맞아. 우리 세계도 그렇다. 밑에 놈들을 아무리 처단해 봤자 소용이 없다. 그래서 염민혁은 내 목을 노리고, 나는 염민혁의 목을 노린다. 밑에 놈들은 얼마든지 채워 넣을 수가 있으니까. 그러니 걱정을 말아라. 기현이 제대로 일을 처리한다면 놈을 처리하는 일은 생각보다 쉬워질 수도 있으니까."

기철은 고개를 끄덕였다. 뭔가를 배우겠다는 열의가 눈빛에서 반짝거렸다.

"기철아……."

"네, 큰 형님."

"공부가 좋으냐?"

"재밌습니다."

"얼마나?"

"음, 이제껏 살면서 해 왔던 일들 중에 가장 재밌습니다. 새로운 세상이 열린 것 같습니다."

"훗, 공부 열심히 해서 좋은 대학을 가라. 좋은 대학을 가서 네가 하고 싶은 것을 마음껏 해 보도록 해."

"알겠습니다. 반드시 큰 형님께 도움이 되는 사람이 되도록 하겠습니다."

"그러면 좋지만 일단은 너만 생각해라. 조금은 이기적으로 굴어도 용서해 주겠다."

"아닙니다, 큰 형님. 제가 감히 어찌 그런 생각을 할 수 있겠습니다. 큰 형님은 제게 은인입니다. 제 삶의 광명을 비춰 주셨습니다. 최선을 다해서 보필할 겁니다."

"알았다. 네가 얼마나 클지 지켜보는 것도 나쁘지 않겠구나."

도수는 다시 눈을 감았다.

지금은 잠시 때를 기다려야 한다.

놈의 숨통을 확실히 찢어발기기 위해선.

날이 밝았다.

어제까지 맑았던 하늘은 검게 먹구름이 껴 있었다.

일기예보를 보니 오후가 되어서 겨울비를 내릴 것이라고
예상했다.

요즘은 일기예보의 적중률이 꽤나 높았다.

겨울비가 내릴 확률은 90퍼센트 이상 맞을 것이다.

도수와 기철은 설렁탕을 한 그릇 먹었다.

식사를 하는 도중에 기현에게서 전화가 왔다.

그는 그제, 어제를 기점으로 다섯 명의 중간보스급들을
처리했다고 말했다.

도수는 알았다고 대답한 후 염민혁의 위치를 물었다.

염민혁은 케빈 클럽에 상주하고 있다고 대답했다. 안에
들어간 채 나오지 않는다는 말도 덧붙였다.

고개를 끄덕인 도수는 전화를 끊었다.

"기현 형님입니까."

"그래. 너는 밥을 먹고 어딘가에 피신해 있어라."

"싫습니다. 끝까지 함께하겠습니다."

기철은 고개를 좌우로 흔들었다.

도수의 말이 의외였던 모양이었다. 어쩐지 표정에서 서운
한 감정도 떠올랐다.

"여기서부터는 네가 관여할 일이 아니다. 너는 머리만 써

라. 괜히 몸을 쓰다가는 죽는다."

"죽음이 두렵지 않습니다. 저는 큰 형님을 지키고 싶습니다."

도수는 손을 뻗어 기철의 머리를 어루만졌다. 치기 어린 말이지만, 기분을 좋게 했다.

"이제 스무 살을 넘었잖느냐. 오래오래 살아야지. 그래야 나를 오랫동안 도와줄 수 있잖나."

"그래도……."

"내 말대로 해. 오늘 밤이 지나면 마야 클럽으로 와라."

도수의 말은 오늘 밤 안에 염민혁을 끝장내고 신사동 파의 구역을 되찾는다는 말을 선언한 것과 진배가 없었다.

다른 사람의 입에서 나온 말이 아니다.

도수의 입에서 그런 말이 나오자 당장이라도 그 일이 이뤄질 것만 같았다.

"알겠습니다."

"이럴 때도 공부를 해라. 네가 진정으로 나를 도와주고 싶다면."

기철은 묵묵히 고개를 끄덕였다.

아침을 먹고 나온 도수와 기철은 그 길에서 헤어졌다.

기철은 도서관에 가겠다고 말했다.

조직 폭력배가 도서관이라…… 참으로 어울리지가 않았다.

하긴 기철의 외모를 보면 대학생이라고 하더라도 믿을 테니 별로 상관은 없었다.

도수 본인이 도서관에 가서 책을 넘기고 있는 것이 정말로 어울리지 않는 것이다.

기철과 헤어진 도수는 핸드폰을 꺼내서 유정에게 전화를 걸었다.

—오빠아아아아~ 나야!

유정이 반가운 목소리로 전화를 받았다. 애교가 점점 늘어나는 느낌이다.

그녀의 발랄한 목소리를 듣자 기분이 좋아졌다.

오늘 밤에 있을 사투에 대한 무거움이 조금은 가시는 것 같았다.

"뭐해?"

—뭐하긴, 회사지요. 직장인을 일을 해야 먹고 산답니다. 우리 회장님은 어디세요?

"밖이야."

—오우, 우리 회장님, 한가하신가 보네요.

"회장님이라고 하지 좀 말아. 듣기 거북해."

—알겠사와요, 오라버니. 근데 이 시간에 어쩐 일이에요?

"점심이나 같이 할까 하고."

—오홍, 데이트 신청이신가.

"시간 돼?"

—그럼요. 누가 먹자고 하는 점심인데. 없는 시간도 내야지요.

"몇 시까지 가면 되나?"

―열두 시까지 오시면 됩니다. 회사는 어딨는지 알죠?

"알고 있어. 가서 전화하지."

―네네, 그럼 조금 있다 봬요, 오라버니.

도수는 시간을 보았다.

이제 겨우 10시. 12시가 되려면 꽤나 여유 시간이 남았다.

전철을 타고 간다고 하더라도 50분, 택시를 타고 가면 20분 정도밖에 걸리지 않는다.

도수는 오래간만에 걷기로 했다.

생각해 보니 출소 이후 너무 정신없이 바쁘게 지냈던 것만 같았다.

약간의 여유가 있었다면 그것은 유정과 함께 있었을 때뿐이었다.

혼자만이 시간은 거의 없었다. 혼자만의 여유를 가질 때도 아니었고.

도수는 코트 주머니에 손을 넣고 보도블록을 걸었다. 시간적 여유가 있으니 빨리 걸을 필요는 없었다. 오고 가는 사람들의 속도는 훨씬 빨랐다.

이제껏 잘 몰랐던 사실이 눈에 들어왔다.

열에 일곱, 여덟 명의 사람들이 핸드폰을 손에서 놓지 않고 있다는 것이다.

참으로 바쁘게 사는 사람들이었다.

다른 사람들이 자신을 봤을 때 그렇게 느꼈겠지.

그의 작은 꿈은 지방에 전원주택을 짓고, 어머니를 모시고는 소박하게 사는 것이었다.

지금은 어머니가 계시지 않는다.

하지만 하늘은 무심하지 않았다. 그에게 유정이라는 좋은 여자를 만나게 해 주지 않았던가.

모든 복수가 끝나면 그녀와 함께 지방으로 내려가 전원주택을 짓고, 아이들을 키우며, 소소한 재미를 느끼면서 살고 싶었다.

그리고 다 같이 어머니께 성묘를 가서 웃을 수 있었으면……

하지만 쉽지는 않은 일이다.

그 작은 꿈을 이루기 위해서는 너무도 많은 난관이 앞을 가로막고 있었다.

그나마 도영의 실종 사건에 대해서는 실마리를 잡은 상태였다.

상준을 잡으면 어떡하든 도영이 생사를 확인할 수가 있을 것이다.

만에 하나 도영이 죽었다면, 기필코 그와 관련된 놈들은 단 한 명도 살려 두지 않을 것이다.

제발 어딘가에서 살아 있기만을 기도할 뿐이다.

만신창이가 되었어도, 마약 중독자가 되어 있어도, 정신병원에 입원을 해 있어도 살아 있기만을……

또한 형태도 내버려 둘 수는 없었다.

10년의 세월은 놈을 건들 수 없는 괴물로 키워 났다. 놈이 몸을 담고 있는 나진 기업이 망하지 않는 놈은 건재할 것이다.

나진 기업은 대한민국에서도 손에 꼽을 수 있는 대기업.

나진 기업이 무너지면 10만 명의 일자리가 하루아침에 사라지고 만다.

그에 딸린 수많은 업체들을 생각하면 후유증은 훨씬 엄청날 것이다.

정부에서 나진 기업이 무너지도록 내버려 둘 리가 없었다.

놈은 계속해서 커 갈 것이며 시간이 지나면 지날수록 손을 쓸 수 없는 괴물이 된다.

최소한 손을 쓸 수 있기 전에 놈을 저 높은 곳에서 밑바닥까지 끌어내려야 한다.

그래야만 했다.

원통하게 돌아가신 어머니에게 놈의 목을 제물로 가져다 놓을 것이다.

혼자만의 생각을 하며 걷던 도수는 어느새 한국 일보 본관 앞에 다다랐다.

시간을 보니 11시 55분이었다.

담배를 피며 5분을 기다리기로 했다. 담배를 다 폈을 때쯤 유정에게 전화가 왔다.

―오빠 어디에요?

"너희 회사 앞."

―알았어요. 냉큼 나갈게요.

전화를 끊고 5분이 되지 않아 유정이 밖으로 나왔다.

항상 청바지를 입고 운동화를 신던 그녀가 오늘은 다르게 옷을 입었다.

아이보리 색의 블라우스와 블랙 투피스 정장을 입고 있었다.

머리는 단정했고, 얼굴에도 옅은 화장을 했다. 완벽한 커리어우먼이었다. 보고 있자니 자신도 모르게 가슴이 뛰는 도수였다.

도수를 발견한 그녀가 손을 흔들며 다가왔다. 그녀가 도수의 팔짱을 끼었다. 향기로운 향수 냄새가 도수의 정신을 아찔하게 만들었다.

"오빠, 담배 피웠죠."

"응."

"몸에도 좋지 않은 담배 끊으면 안 돼요?"

"언젠가는 끊겠지."

"그게 언젠데요?"

"확답은 주지 못하겠네."

1년이 걸릴지, 10년이 걸릴지 알 수 없는 노릇이다.

하지만 모든 일이 끝나면 유정이 바라는 대로 담배를 끊기 위해 노력은 해 볼 것이다.

"음, 좋아요. 하지만 그때가 오면 반드시 담배를 끊어야 돼요."

"약속하지."

"후후, 아싸, 남아일언중천금이라고 했어요. 약속 지켜요."

"알았어."

"여기까지 왔는데 뭐 드실래요? 공사가 다망하신 오라버니께서 여기까지 행차하셨으니 제가 한 턱 쏠게요."

"내가 사지."

"아니에요. 제가 살게요."

"대부분이 네가 사잖아. 돈 모아."

"우와, 벌써부터 저와의 미래를 생각하시는 거예요?"

유정은 짐짓 놀란 표정을 지으며 말했다.

"미래는 무슨. 그냥 아껴 쓰라는 거지."

"걱정 마십시오. 이렇게 보여도 적금을 다섯 개나 붓고 있다고요. 그리고 우리 오라버니 점심 사 줄 능력은 충분히 되니까 걱정하지 마세요."

"알았어. 그래도 오늘은 내가 사지. 사 주고 싶어서 그래."

"후후, 이게 여자의 행복이려나. 어쩐지 되게 기분이 좋네요."

유정은 도수의 팔에 찰싹 달라붙었다.

도수의 신장이 엄청나지만 유정도 적지 않은 키에 힐까지 신어서 그런지 뒷모습으로 보기에는 상당히 잘 어울렸다.

둘은 돈가스 덮밥을 먹으러 갔다.

유정이 뭐 먹고 싶냐고 묻자 도수는 아무거나, 라고 대답을 했다. 그녀는 다시 돈가스 좋아하냐고 물었다.

도수는 고개를 끄덕였다.

돈가스에는 아련한 추억이 있었다.

도수가 중학교를 졸업할 때 가족들이 함께 레스토랑을 찾았다.

지금이야 돈가스를 먹을 프렌차이즈 점이 많았지만, 당시에는 레스토랑을 빼고는 먹을 수 있는 곳이 극히 드물었다.

가격은 3천 원이었다는 것으로 기억난다.

처음에 스프가 나오고 다음에는 빵과 밥, 둘 중에서 하나를 골라야 한다.

아버지만 밥을 고르고 어머니와 도영, 자신은 빵을 골랐었다.

당시에는 왜 그렇게 돈가스가 맛있었는지 모르겠다. 그이후로 그렇게 맛있는 돈가스를 먹어 본 적이 없었다.

아직 그 레스토랑이 있으려나.

중학교 근처니 언제 시간이 나면 유정과 함께 가 보고 싶은 생각이 들었다. 20년 가까이 지났으니 없어졌을 확률이 높지만.

그리고 아직은 추억을 회상할 자격이 없다.

돈가스 덮밥이 나왔다. 겉에는 달콤한 소스와 치즈가 뿌려져 있었다.

한국식 수저가 아닌 일본식 수저라서 먹기는 조금 불편

했다.

맛은 괜찮았다.

교도소에서 주기적으로 나왔던 돈가스와는 차원이 다른 맛이었다.

"어때요?"

"맛있어."

"그렇죠? 가격 대비 괜찮아요. 한번 온 사람들은 또 찾는 맛이에요."

유정의 말대로 가게 안은 회사원들로 북적거렸다.

테이블은 일곱 개였지만 모두 찼다. 밖에서도 대여섯 명이 줄을 서서 기다리고 있었다.

"어라, 이유정 씨네."

누군가 가게 안으로 들어오면서 유정에게 아는 척을 했다. 유정이 목소리가 들린 방향을 향해 고개를 들었다. 도수가 고개를 들어서 목소리의 주인공을 바라봤다.

대략 나이는 30대 초중반으로 보였다. 키도 크고 얼굴도 훤칠하다.

잘생기기도 했지만, 눈매가 서글서글해서 인상이 좋아 보였다.

그는 깔끔한 정장을 입었다. 말을 할 때마다 손목을 턴다. 손목에서 명품 손목시계가 보였다.

일부러 그런 행동해서 명품 시계를 보이려고 하는지, 무의식적으로 그런 행동을 하는지 도수는 알지 못했다. 알고 싶지도 않았고 그저 특이한 행동을 하는 사내네, 라고 생각을 할 뿐.

반면 유정은 도수 쪽으로 고개를 돌리고는 인상을 팍 썼다.

다시 고개를 돌려 사내를 바라본 유정은 억지로 미소를 짓고 있었다.

"어머, 유 대리님. 식사하러 오셨어요?"

"응, 이 집 덮밥이 맛있잖아. 사람도 많은데 합석해도 되지?"

유 대리는 도수의 의견도 묻지 않은 채 유정의 옆자리에 앉았다. 그와 함께 왔던 사내는 머뭇거리면서 도수의 옆에 앉았다.

조금은 민망한 표정이었다.

유정의 표정도 좋지 않았다.

왜 이 빌어먹을 자식이 자신의 옆에 앉는지 화가 치밀어 올랐다.

도수와 오붓하게 식사를 하고 싶었던 그녀였다. 그녀의 작은 바람을 유 대리는 산산이 조각냈다.

유 대리는 유정이 먹던 덮밥과 같은 것을 시켰다. 그는 다리를 꼬고 팔을 벌려 유정이 앉아 있는 의자에 손을 얹었다. 유정의 등이 그의 손에 닿았다.

유정은 얼굴을 찡그리며 의자에서 허리를 뗐다.

"누구야? 유정 씨 친구?"

유 대리가 유정에게 물었다.

"남자 친구예요."

유정은 칼을 내려치듯이 단호하게 말했다.

"남자 친구? 저번 회식 때는 솔로라고 했잖아."

"그때는 솔로였고, 지금은 아니에요."

유 대리의 얼굴이 안 좋아졌다.

그의 표정으로 보아 유정을 꼬시기 위해서 꽤나 공을 들이고 있었던 모양이다.

"안녕하세요, 유민호라고 합니다."

유 대리는 도수에게 손을 뻗어 악수를 청했다. 도수는 대수롭지 않게 그의 손을 맞잡았다.

"마도숩니다."

"실례지만 무슨 일을 하고 계신지?"

실례였다.

실례였지만 유민호는 대수롭지 않게 생각하는 모양이었다. 그는 처음 본 도수에게 직업이 무엇이냐고 물었다.

사실 도수는 마땅하게 대답할 말이 없었다. 조직 폭력배라고 말을 하고 싶은 생각은 추호도 없었다.

"그냥 이런저런 일 하고 있습니다."

"이런저런 어떤 일이요?"

유민호는 노골적으로 도수의 직업을 물었다.

자신에 대해서는 꽤나 자신감이 있어 보이는 모양이었다. 다시 한 번 팔목을 흔들어 명품 시계를 보였다.

"유 대리님, 왜 이러세요. 우리 오빠가 말하고 싶지 않다 잖아요."

유정이 끼어들었다.

하지만 유민호는 멈출 생각이 없었다.

자신이 도수보다 낫다는 것을 끝내 어필하고 싶어 했다.

"어디 대학 나오셨습니까? 저는 서울 대학교 나왔는데."

정말 짜증이 나는 새끼.

도수는 눈살을 찌푸렸다.

꽤나 험악하게 생긴 얼굴이지만 그에게는 두려움을 주지 못하는 모양이었다.

이쪽 세계에 대해서는 아무것도 모르고, 잘난 부모님 밑에서 어리광을 부리며 이기적으로 자랐다는 것을 느낄 수가 있었다.

"중퇴입니다."

"중퇴면 고졸?"

"네."

"하아, 요즘 고졸로 취직하기 어려울 텐데. 연봉도 짜고, 적금도 들기 어려울 테고, 차도 사기 어려울 테고, 전세 얻을 돈이라도 얻으려면 안 먹고, 안 쓰고 10년은 모아야겠네요. 그렇지, 유정 씨?"

유민호는 유정을 보며 물었다.

"그걸 왜 저한테 묻죠?"

"그냥 세상이 그만큼 힘들다는 거를 얘기하는 겁니다."

"오빠, 식사 다했으면 일어나죠."

유정은 유민호에게서 고개를 돌린 후 도수에게 말했다. 꽤나 기분이 상한 표정이었다.

도수는 고개를 끄덕인 후 일어났다.

그가 일어나자 유민호와 옆에 앉았던 사내가 놀란 표정을 지었다.

앉아 있어서 몰랐는데 일어나니 엄청나게 컸다는 것을 알아차린 것이다.

유정은 카드로 계산을 하고는 밖으로 나왔다.

도수가 그녀의 뒤를 따라 나왔다.

밖으로 나오자 유정은 양팔을 벌리고 크게 숨을 쉬었다.

심호흡이었다. 유민호라는 자 때문에 굉장히 화가 났었던 모양이었다.

"오빠, 가요."

유정은 도수에게 팔에 팔을 끼웠다.

"저 사람은 뭐지?"

"제 직장 상사. 보셨다시피 밥맛이 떨어지도록 재수가 없죠."

"너한테 꼬인 것이 있는 모양인데."

"제가 저 자식한테 넘어가지 않아서 그래요. 저 미친놈은 자신이 세상에서 제일 잘난 줄 알아요. 겉으로 보기에는 멀쩡하죠. 잘생겼지, 머리 좋지, 키도 크지, 집안 좋지. 하지만 엄청나게 이기적인 새끼예요. 세상의 모든 여자들이 지

껀 줄 착각하는 놈이기도 하죠. 놈한테 넘어간 여자만 저희 회사에도 꽤 되나 봐요. 모두 하룻밤 자고 나서 차였죠."

"질이 좋지 않은 놈이군."

"네, 근데 그 자식이 자꾸 찝쩍거리는 거예요. 끝나고 한 잔하자, 주말에 드라이브 가자, 전화번호 좀 가르쳐 달라. 몇 달 내내 그러 길래 저는 다 거절했죠. 한동안 잠잠하더니 요즘 또 저러내요. 애들처럼 시비나 걸고, 주변 사람들 깎아 내리고, 완전 스토커네요."

"이름이 뭐라고?"

"유민호요. 오빠는 상관하지 말아요, 제가 알아서 처리할 테니까. 오빠가 나서는 것은 파리를 총으로 잡는 것과 같으니까요."

유정은 도수의 팔에 대고 뺨을 비볐다.

주위에 꽤나 많은 사람들이 오고 가지만, 개의치 않는 모습이었다.

몇몇 사내들은 그런 유정이 행동을 보며 부럽다는 표정을 지었다.

하긴, 유정이 보통 미인인가.

꾸미기만 하면 연예인 저리 가라 할 정도로 충분히 매력적인 여성이었다.

도수는 유정을 회사까지 데려다 준 후 신촌으로 향했다.

기현과 동생들을 만나기 위함이었다. 강남으로 가기에는 너무 위험했다.

도수를 찾기 위해서 압구정 파 놈들이 눈이 시뻘겋게 변해서 찾고 있을 테니까.

하늘은 점점 어두워졌다. 일기예보대로 비가 오려는 모양이었다.

＊　　＊　　＊

신촌 현대 백화점 앞 프렌차이즈 커피 전문점.

기현이 병원에 있다는 것은 수태를 만나고 나서 알았다.

통화를 할 때만 하더라도 멀쩡한 목소리여서 일을 다 처리한 줄만 알았다.

"얼마나 다쳤는데?"

"목숨에 지장은 없지만 꽤 심각합니다. 근육이 끊어지고, 찢어져서 두 달은 입원해 있어야 한답니다."

면목 없다는 듯이 수태는 고개를 숙이며 말했다. 기동과 실현도 마찬가지였다.

도수가 없을 때 회장 대리는 기현이다.

그런 기현을 보필하지 못했다는 것은 그들의 잘못이나 마찬가지였다.

"어찌 된 일인지 자세히 설명을 해 봐."

수태는 간략하지만 핵심을 짚어서 얘기했다.

한민광을 잡는 와중에 큰 상처를 입어서 병원에 갔고, 응급처치를 한 후 다른 압구정 파 간부들을 찾아다니면서 끝장을 냈다고 한다.

그 와중에 상처가 벌어져 기현이 쓰러졌다.

의식을 잃은 기현은 오늘 아침에야 정신을 차리고 도수에게 전화를 했다는 것이다.

도수는 앞에 놓인 캐러멜 마키아토를 입으로 가져갔다.

"미련한 놈."

말을 그렇게 했지만 기현이 걱정스러웠다.

그놈이 얼마나 악착같이 압구정 파 간부들을 쓰러트렸는지 짐작이 갔다.

한민광을 잡는 것도 벅찼을 텐데, 압구정 파 간부들을 두 놈이나 더 잡았다.

이제 염민혁의 옆에 남은 자는 수원파의 채충기밖에 없었다.

나머지는 모두 조무래기들뿐이었다.

"목숨에 지장이 없다니 그나마 다행이군."

"네, 천만다행입니다."

수태는 고개를 끄덕였다.

불호령이 떨어질 줄 예상했는데 도수는 전혀 화를 내지 않았다.

"다음부터는 기현을 첫 번째로 보호해라. 나를 보호한다는 생각으로."

"명심하겠습니다."

"몇 시지?"

기동이 핸드폰을 꺼내서 시간을 확인했다.

"다섯 시입니다."

"그럼 저녁 든든히 먹고 케빈 클럽으로 가자."

"초저녁에 치실 겁니까?"

"기철이가 그러더라."

"기철이가요? 뭐라고요?"

"염민혁을 치려면 초저녁이 가장 좋은 시간 때라고."

수태와 기동, 실현은 이해가 가지 않은 표정이었다.

보통 그들은 새벽에 상대를 노린다. 새벽 시간대가 가장 긴장이 풀릴 때였기 때문이다.

하지만 일을 시작할 무렵인 초저녁에 상대를 습격하는 일은 거의 없었다.

"놈들의 머릿수는 대략 서른 명 안팎이다. 우리 조직원들과 이제 막 영입한 신입들까지 합하면 100명이 넘지. 그 많은 숫자를 우리가 당할 수 있겠나?"

"힘들죠."

"염민혁은 우리가 올 것을 알고 있다. 압구정 파 간부들이 모두 당한 이상 오늘 밤을 기점으로 강남 바닥에 소문이 쫙 퍼지겠지. 그렇다면 신사동 파의 조직원들은 놈들에게 협조를 하지 않을 거야. 염민혁이 과연 그렇게 둘까? 아니지. 절대로 그렇게 두지 않아. 우리도, 놈도, 오늘을 넘기면 안 된다는 것을 알아. 잘못하면 예전과 같이 압구정 파와 신사동 파로 고착화가 되거든. 지금까지 피 흘린 것이 헛고

생이 되는 거지. 그렇기 때문에 오늘 있는 대로 병력을 끌어모을 거야. 그러나 업소 문을 닫을 수는 없어. 모든 조직원들이 모이는 시간은 새벽이 되어야 가능하지. 하지만 지금은 아니야. 지금 이 시간이라면 놈들의 숫자가 아무리 많아도 서른은 넘지 않아. 그 정도의 숫자라면 충분히 해볼 만하다."

"그게 기철이 머리에서 나온 생각이라는 겁니까?"

"그래."

"그 자식 제법 쓸 만하구만요. 후후, 큰 형님께서 예뻐하는 이유를 알겠구만유."

기동이 허허, 거리면서 웃었다.

그동안 기철과 꽤나 친해졌던 기동이다. 그런 기철이 칭찬을 듣자 기분이 좋아 보였다.

"가자. 오늘 밤 놈들을 끝장내자."

도수가 자리에서 일어났다.

기동과 수태, 실현도 빙그레 웃으면서 따라 일어섰다.

기다리고 있던 하루.

염민혁.

이 하이에나 같은 놈이 마지막으로 숨을 쉴 수 있는 날이다.

4.

하이에나의 말로

CITY OF
WILD BEAST

추적추적 비가 내리기 시작했다.

비는 도수의 머리 위로 떨어졌다.

우산을 가져오지 않는 사람들의 발걸음이 바빠졌다.

도수와 기동, 실현은 케빈 클럽 근처에 서 있었다. 클럽에서 쿵쾅 거리며 음악 소리가 흘러나왔고, 힙합 옷을 입은 두 명의 삐끼가 여성들을 클럽 안으로 유혹했다. 여성들의 옷차림이 상당히 야하다. 대부분이 허벅지가 드러날 정도로 짧은 치마를 입고 있었다.

오후 7시밖에 되지 않았지만, 꽤나 많은 사람들이 클럽 안으로 들어섰다.

고급 승용차들도 줄지어 주차장으로 들어간다. 대부분이 외제차들이었다.

간혹 보이는 국산차들도 모두 값비싼 세단들뿐. 소형 경차들은 눈을 씻고 찾아봐도 보이지 않았다.

도수는 핸드폰을 꺼내서 시간을 확인했다.

6시 59분.

변장을 해서 안으로 들어간 수태가 일을 치를 시간이다.

7시.

클럽 안에서 요란한 소리가 들리며 손님들이 다급하게 밖으로 뛰어나왔다.

제대로 옷을 챙겨 입지 않고 나오는 사람들도 있었다.

삐기 짓을 하던 두 명의 사내들이 당황해하는 모습이 역력하다.

그들은 누군가에게 전화를 걸었다.

"가자."

도수가 걷기 시작했다.

기동과 실현이 바짝 뒤를 쫓는다. 정신이 없는지 삐끼들은 그들을 잡지 않았다.

클럽 안으로 들어가자 안에는 아무도 없었다.

클럽 안은 온통 물바다였다. 아직도 스프링클러에서 물이 쏟아져 내리고 있었다.

"도대체 무슨 일이야! 빨리 알아봐!"

압구정 파 조직원들이 사무실에서 뛰쳐나와 웨이터들에게 사납게 소리쳤다.

웨이터들은 무슨 일이 일어났는지 알아보기 위하여 바쁘

게 뛰어다녔다.

분명 화재 경보가 울리고 스프링클러가 작동했지만, 어디서도 화재의 흔적은 발견되지 않았다.

정신들이 없는지 웨이터들은 도수에게 신경을 쓰지도 않았다.

수태가 다가왔다.

그는 야구 모자와 안경을 벗었다.

옷차림도 캐주얼이라 누구도 그가 신사동 파의 미친개라 불리는 수태라는 것을 알아차리지 못했다.

도수는 주머니에서 가죽 장갑을 꺼냈다.

맨 주먹으로 이들 모두를 상대하기에는 벅차다. 너무도 강한 완력 때문에 주먹이 다칠 수도 있었다.

장갑을 끼자 손등 부위에 네 개의 징이 박혀 있었다.

쇠로 된 징이었다. 끝이 뭉뚝하다. 날카로운 칼날보다 더욱 위협적으로 보였다.

"민혁아!"

도수가 배에 입을 주고 염민혁을 불렀다.

그가 목소리가 케빈 클럽 홀 안 곳곳으로 퍼져 나갔다.

모두의 움직임이 멈췄다.

이리저리 바쁘게 움직이던 웨이터와 웨이트리스들이 움직임을 멈춘 채 도수를 바라봤다.

"마, 마도수다."

누군가가 도수를 알아봤다.

그들의 얼굴이 하얗게 질린다. 설마 신사동 파의 회장인 마도수가 직접 이곳까지 쳐들어올 줄을 예상하지 못했던 모양이다.

마도수라는 호칭이 불리자마자 조직원들이 모두 튀어나왔다.

"저, 정말 마도수다. 큰 형님 불러와, 어서!"

신입 조직원이 급히 사무실로 달려가 염민혁에게 이 사실을 알렸다.

염민혁과 채충기가 사무실 밖으로 나왔다.

염민혁은 2층에 있는 사무실에서 난간에 손을 댄 채 도수를 노려보았다.

"마도수, 오랜만이군."

염민혁이 말에 도수는 어깨를 으쓱거렸다. 그는 웨이터와 웨이트리스들을 보며 말했다.

"죽고 싶지 않은 사람들은 모두 나가."

웨이터들과 웨이트리스들이 염민혁의 눈치를 본다.

그들의 입장에서는 싸움에 휘말리고 싶은 생각이 추호도 없었다.

하지만 도수의 말대로 하기에는 염민혁이 너무 무서웠다. 저자는 모든 사람들이 보는 앞에서 신사동 파의 간부들 발목을 잘랐다.

그는 온몸에 피를 묻힌 채 주위를 돌아보며 말했었다.

"너희들, 잘 들어, 내 말을 듣지 않으면 모두 이렇게 될 줄 알아."

들고 있는 칼에서 피가 뚝뚝 떨어졌다.

담이 작은 몇몇 웨이트리스들은 두려움을 이기지 못하고 주저앉기도 했다.

그렇기에 클럽 밖으로 나가지 못하고 있는 것이다.

"나가긴 어딜 나가. 나가는 년놈들은 모두 뒈질 줄 알아. 살고 싶으면 저 자식을 죽여. 그럼 이곳에서 나가게 해 주지."

역시나.

염민혁은 웨이터들과 웨이트리스들을 보며 살벌하게 말했다.

"씨발 것들아. 큰 형님 말씀 못 들었나! 모두 무기를 들어. 남녀노소 가리지 않습니다!"

염민혁의 부하 중에 한 명이 바지에 손을 집어넣고 웨이터들을 협박했다.

그는 부들부들 떨고 있는 웨이터들의 앞을 지나가면서 무기를 들 것을 강요했다.

도수는 웨이터들을 협박하고 있던 조직원에게 다가갔다.

자신을 향해서 도수가 걸어오는 것을 눈치챈 조직원이 멋진 폼으로 뒷발차기를 했다.

자신의 뒷발차기에 맞은 도수가 벌렁 나자빠질 것을 상상하는 모양이었다.

물론 그의 상상은, 상상으로만 끝이 나고 말았다.

그의 다리가 도수에게 붙잡혔다.

도수는 지탱을 하고 있던 조직원의 다른 다리를 차서 넘어트렸다.

그리고는 양 발목을 움켜잡았다.

도수의 몸이 회전한다.

사내의 몸도 도수와 함께 회전했다. 대여섯 바퀴를 회전한 도수가 손을 놨다.

"으아아아아악!"

비명과 조직원의 몸이 붕 떠올랐다.

10m를 넘게 날아간 조직원이 한쪽 벽면에 얼굴부터 부딪쳤다.

쾅, 소리와 함께 그의 목뼈가 기형적으로 휘었다.

힘을 잃은 그는 바닥에 떨어진 채 꿈쩍도 하지 않았다. 눈동자에서 힘이 풀린다. 꼼짝도 않던 사지가 조금씩 경련을 일으키기 시작했다.

너무도 충격적인 장면이었다.

사람의 이토록 가볍게 날아갈 수 있다는 것도 처음으로 알았다. 마치 공깃돌을 보는 듯했다.

그리고 이토록 쉽게 끝장이 난다는 것도 처음으로 알았다. 모두가 약속이라도 한 것처럼 그 자리에서 그대로 굳어 버렸다.

그것은 염민혁과 채충기도 마찬가지였다.

마도수, 마도수, 하는 그의 소문은 익히 들었지만, 대부분이 부풀려진 것이라 생각했다.

하지만 지금 벌어진 일은 소문이 반쯤은 진실이라고 말을 하고 있었다.

도수는 주위를 돌아봤다.

그의 시선에 맞받아치는 자들은 없었다. 모두가 고개를 돌리거나 눈빛을 피한다.

"마지막 기회야. 염민혁이를 빼고 모두 나가."

도수의 말이 시발점이었다. 종업원들은 남녀 불문하고 모두 문밖으로 뛰쳐나갔다.

이제 남은 자들은 염민혁과 채충기, 염민혁의 부하들과 수원에서 올라온 조직원들뿐이었다.

그렇다고 적은 숫자는 아니다.

대략 서른 명 가까이 된다.

"그래, 마도수, 네가 강남에서 원터치로는 가장 강하다는 것을 인정하겠다. 그런데 말이야…… 제아무리 원터치에 강하다고 하더라도 다구리에는 장사 없어. 그 유명한 시라소니도 다구리에 당했지 않나? 겨우 네 명…… 너희 네 명이서, 서른 명 가까이 되는 우리를 이길 수 있다고 생각하는 것은 아니겠지?"

염민혁은 서늘한 눈초리로 도수를 쏘아보면서 말했다.

"네 명? 왜 네 명이라고 생각하는 거지?"

도수의 말에 염민혁은 의아함을 느꼈다. 혹시 다른 부하들도 함께한 것인가?

그는 홀 곳곳을 살폈다.

아무리 봐도 다른 신사동 파는 없었다.

신사동 파는 모두 네 명뿐이었다.

"나랑 말장난을 하자는 건가."

"웃기는 자식이군. 내가 왜 네놈이랑 말장난을 하겠나."

도수는 기동을 바라봤다. 그와 수태, 실현은 뒤로 물러났다.

그러고는 비상구와 출입구를 모두 막았다.

기동은 염민혁을 보며 빙그레 미소를 지었다.

"씨벌놈아. 이제 니놈들은 한 놈도 도망가지 못할 것이여. 이곳에서 죽었다고 복창혀라."

염민혁의 어금니가 뿌드득 갈렸다.

"마도수 개새끼, 설마 네놈 혼자서 우리를 처리하겠다는 말은 아니겠지?"

"왜 아닐 거라고 생각하는지 모르겠군."

마도수가 앞으로 나섰다.

그의 앞에서 칼과 쇠파이프를 들고 있던 압구정 파와 수원파의 조직원들이 한 발을 물러났다.

압도적인 기세에 그들은 자신들도 모르게 겁을 먹고 있었던 것이다.

"저 새끼가 소문의 그 마도수인가."

팔짱을 낀 채 상황을 지켜보던 채충기가 염민혁에게 물었다.

"그래. 저 자식이 종태 형님을 침몰시킨 마도수다."

"크긴 크군. 하지만 싸움이란 말이야, 덩치로 하는 것이 아니야. 악으로 하는 거지."

채충기는 어깨를 풀면서 계단을 내려갔다.

"어딜 가?"

"저놈은 내가 처리하지. 뒤처리나 확실하게 해 줘."

채충기가 홀로 내려가자 부하들이 양옆으로 길을 비켰다.

수원 바닥에서 그는 잔인하기로 유명하다.

들리는 소문으로는 그의 손에 죽은 다른 파의 조직원들이 열 손가락을 넘어간다고도 하였다.

살해한 자들은 전기톱으로 토막을 내어 아산만에 물고기 밥으로 던져 준다는 소문도 있었다.

그 말이 사실이든, 아니든 상당히 흉폭하고 잔인한 것은 분명했다.

한번 광기가 폭발하면 염민혁조차 말릴 수가 없는 사내가 채충기였다.

그는 도수와 약간의 거리를 두고 마주 섰다.

정장 상의를 벗고 양팔의 와이셔츠를 걷어 올렸다.

그리고 오른손에 손도끼를 들었다.

"어이, 덩어리. 겨우 넷이서 쳐들어오면 졸라 멋있어 보일 줄 알았나 보지? 혼자서 서른 명과 사투를 벌이다 장렬

하게 전사하다, 그래서 전설이 되다. 뭐, 그런 거냐? 염병
하고 자빠졌네. 아주 소설을 써요."

채충기는 도수를 향해서 비웃음을 흘렸다.

도수는 아무런 말을 하지 않았다.

그의 눈은 채충기를 보고 있지도 않았다. 오직 염민혁만
쳐다본다.

"이런 씨발 새끼, 형님이 말을 하시는데, 딴청을 피우
네. 팔다리가 잘려 봐야 지가 무슨 잘못을 했는지 알지."

채충기는 도수를 향해서 거리를 좁혔다.

팔과 다리가 길어서 그런지 조금만 움직였음에도 도수와
의 거리가 확연하게 좁혀졌다.

채충기의 오른손이 빠르게 움직였다.

그가 쥐고 있던 손도끼는 정확하게 도수의 목을 노리고
있었다.

기세로 보아 단번에 숨통을 끊을 속셈인 것 같았다.

빠각!

엄청난 굉음이 울렸다.

뭔가가 부서지는 소리였다.

염민혁의 두 눈동자는 태어난 이후로 가장 크게 떠졌다.
그것은 모든 조직원들도 마찬가지였다.

직접 두 눈으로 보고도 믿을 수 없는 광경이었다.

채충기는 정지 화면처럼 멈춰 있었다.

챙강—

그가 휘두르던 손도끼가 바닥에 떨어졌다.

팔은 번개를 맞은 것처럼 부들부들 떨리고 있었다.

도수의 주먹이 채충기의 이빨을 모조리 부러트린 것도 모자라 입안까지 쑤셔 박힌 것이다.

기괴한 장면하면서도 무시무시한 장면이었다.

도수가 충기의 입에서 주먹을 빼냈다. 그의 가죽 장갑에 부러진 이빨 몇 개가 박혀 있었다.

채충기가 앞으로 고꾸라졌다.

털썩.

쓰러진 그는 움직이지 않았다. 아니, 그만 움직이지 않은 것이 아니었다.

다른 사람들 모두가 움직이지 않았다.

마법에 걸린 것처럼.

움직인 사람은 도수였다.

사나운 맹수처럼 양떼들 속으로 파고든다.

도수의 강렬한 주먹들이 멀뚱하게 서 있던 조직원들의 면상에 작렬했다.

빠각!

주먹으로 치는 소리가 아니었다.

뭔가가 부서지는 소리가 계속해서 홀 안에 울렸다.

눈 깜짝할 사이에 10여 명의 조직원들이 바닥에 쓰러졌다.

그들 모두 안면이 함몰 당했다. 코가 부러지고, 눈알이 밖으로 튀어나왔다.

차마 눈 뜨고 볼 수 없는 지경이었다. 남은 조직원들은 경악을 넘어서 공포를 느끼고 있었다.

도수와 마주 서고 있는 것 자체가 머리를 돌게 만들 것만 같았다.

이런 종류의 인간을 그들은 본 적이 없었다.

단순한 주먹질인데…….

보통의 사람들이 생각하는 상식을 넘어선 폭력이었다.

"이, 이게 인간의 주먹이라고? 마, 말도 안 돼."

조직원들 중에 한 명이 쇠파이프를 떨어트렸다.

무기를 들고 있지만, 그것이 아무런 소용이 없다고 느꼈다. 방패라도 가지고 와서 막지 않는다면 죽을지도 모른다는 공포심이 그의 전신을 휘감았다.

덜컹.

다른 조직원도 칼을 떨어트렸다.

손이 덜덜 떨려 와서 들고 있을 수가 없었다.

맨 주먹으로 맞아도 뼈가 부러지고, 근육이 파열된다.

뛰어난 의료 기술이 있다 하더라도 제대로 완치가 되지 않을지도 몰랐다.

한데, 맹수는 징이 박힌 가죽 장갑이라는 날카로운 이빨까지 끼고 있었다.

그의 징에 맞은 동료들의 얼굴들이 형체를 알아볼 수 없을 정도로 망가졌다.

눈알이 뭉개져서 터진 것을 본 몇몇 조직원들은 올라오는 신물을 참지 못하고 구토를 하고 말았다.

"나, 나는 죽고 싶지 않아……."

스무 명이나 되지만 그들은 의욕을 잃었다.

용기 있게 도수에게 덤비는 것은 만용이었다.

죽으러 가는 급행열차를 타는 것과도 같았다.

가장 먼저 덤빈 자가 가장 먼저 죽는다.

이런 인식이 머릿속에 박혔다.

당연한 말이지만 누구 하나 도수에게 덤벼들지 못했다.

"뭐하고 있는 거야! 어서 놈을 처치하지 못해!"

염민혁이 얼음 기둥처럼 서 있는 부하들을 향해서 소리를 버럭버럭 질렀다.

"너희 수원파 놈들을 뭐하는 거냐! 보스가 당했잖아. 복수를 하라고!"

계속해서 소리쳤다.

하지만 압구정 파도 수원파의 조직원들도 누구 하나 움직이지 않았다.

아니, 그들은 무기들을 버리고 등을 돌려 달아났다.

하지만 그들은 클럽 밖으로 빠져나갈 수가 없었다. 문을 열기 위해서 달아나는 그들을 향해 수태와 기동, 실현이 무자비하게 쇠파이프를 휘둘렀다.

머리가 깨지고, 척추가 부러지면서 그들이 홀 안에 쓰러졌다.

맞서서 싸울 생각도 하지 못한다.

오직 문을 열고 달아나야 한다는 생각만이 머릿속을 가득 메웠다.

그들은 그렇게 한 명씩 쓰러져 갔다.

제대로 된 싸움이 아니었다.

사냥을 당하듯이 한 명, 한 명 피를 흘리면서 쓰러졌다.

이런 말도 안 되는 상황을 염민혁은 지켜보고 있었다.

그의 상식으로는 도저히 이해가 되지 않았다.

서른 명이나 되는 조직원들이 겨우 네 명에게 쓰러지고 말았다.

치열하게 사투를 벌여서 쓰러진 것이라면 이해나 간다. 그러나 대부분의 조직원들은 지들끼리 도망을 치기 위해서 발버둥을 치다가 잡혀서 쓰러지고 있었다.

"이, 이런 말도 안 되는."

실질적으로 압구정 파를 강남 3대 조직으로 키운 자가 바로 염민혁이었다.

비록 주먹질을 그리 잘하지 못하지만 뛰어난 두뇌와 임기 응변으로 지금까지 몇 번이나 살아남았었다. 그런 염민혁의 머리 회전이 완전히 멈췄다.

그가 공들였던 모든 계획들이 한꺼번에 와르르 무너져 내렸다.

"으으으으으, 살려 줘."

"아파, 너무 아파. 제발 살려 주세요."

마지막 한 명까지 실현의 쇠파이프에 맞아서 바닥에 쓰러졌다.

애달픈 신음 소리만이 홀 안을 가득 메웠다.

뚜벅뚜벅.

신음 소리를 뚫고 도수가 걸어간다.

그의 구두 발자국 소리는 죽음의 사자가 움직이는 있는 소리와 비슷했다.

그가 계단을 올라갔다.

계단 끝, 2층에 다다랐다.

2층에는 사색이 된 염민혁이 있었다.

염민혁은 이런, 말도 안 돼는, 이라는 말을 반복해서 내뱉었다.

그의 입장에서 지금의 상황은 전혀 납득할 수가 없는 모양이었다.

"시작이 있으면 끝도 있는 법이지."

도수가 그에게 다가갔다.

수태와 기동, 실현이 피 묻은 쇠파이프를 아무렇게나 던져 놓고 2층에 있는 그들을 올려다봤다.

"닥쳐! 잘난 척하지 마! 네놈이 뭔데! 겨우 네놈 따위에게 내가 당할 것 같나!"

염민혁은 칼을 꺼내 들었다. 그는 다가오는 도수를 향해서 칼을 휘둘렀다.

다른 자들에 비해서 훨씬 느리고 형편없는 솜씨였다.

도수는 어렵지 않게 그의 칼을 피했다.

그러고 그의 옆구리를 향해서 주먹을 올려쳤다.

빠각!

가죽 장갑에 붙어 있던 징이 그의 옆구리를 파고들었다.

갈비뼈가 두 동강 나는 소리가 똑똑히 들렸다.

"크헉."

염민혁은 칼을 떨어트렸다. 양손으로 옆구리를 잡고서는 굉장히 고통스러워했다.

도수가 그의 멱살을 잡았다.

힘없이 그가 끌려왔다. 도수는 반대편 손으로 염민혁의 따귀를 날렸다.

짝―

염민혁의 고개가 돌아갔다.

"하, 하지 마."

딱 한 대를 맞았을 뿐인데 염민혁의 두 눈에서 눈물이 그렁그렁 맺혔다.

그런 염민혁을 보며 도수는 기가 막혔다.

이자는 압구정 파의 최종 보스다.

그가 남은 잔존 세력을 거느리고 수원파를 끌어들인 후 진두지휘하며 신사동 파를 파멸에 이르게 했다.

그럼 그에 걸맞는 행동을 보여야 한다.

겨우 한 대 맞았다고 애들처럼 눈물을 흘리는 일 따위는 없어야 했다.

염민혁이 주먹질을 잘한다는 얘기는 그 어디에도 없었다. 뛰어난 두뇌로 훨씬 강한 부하들을 장기판의 말처럼 움직였다.

그렇기에 징징 짜는 놈의 얼굴을 보자 부아가 치밀어 오르는 도수였다.

도수는 다시 한 번 염민혁의 따귀를 쳤다.

놈의 얼굴이 금방 부풀어 올랐다. 팔과 다리에 힘이 빠지며 온몸이 축 쳐진다.

"그, 그만해. 다시는 네 앞에 나타나지 않을게, 제발……."

염민혁은 도수의 팔을 잡고 애원했다.

너무 기가 차서 욕도 나오지 않았다. 때리고 싶은 마음도 사라졌다.

이런 놈 때문에 많은 사람들이 크게 다치고 목숨을 잃었다는 것이 믿기지가 않았다.

도수는 염민혁의 멱살을 풀었다. 바닥에 풀썩 주저앉아 일어나지 않았다.

"다시는 이 바닥에 나타나지 마라. 그때는 정말로 네놈의 숨통을 끊어 놓겠다."

도수는 등을 돌렸다.

클럽 안에 쳐들어올 때까지만 하더라도 염민혁을 잡아서 끝장을 내겠다고 생각을 했었다.

하지만 불꽃처럼 피어오르던 증오의 마음은 놈의 행동으로 인해서 순식간에 꺼져 버렸다. 더 이상 놈과 대화를 섞고 싶은 생각이 없었다.

눈과 입이 썩어 버릴 것만 같았다.

"싫은데? 네놈만 없으면 강남은 내 차지야!"

염민혁은 바닥에 떨어져 있던 칼을 들고서는 갑자기 몸을 일으켰다.

그의 칼이 등을 노리고 빠르게 날아들었다.

처음 도수에게 칼을 휘두르던 속도보다 훨씬 빨랐다.

"회장님!"

"큰 형님!"

기동과 수태가 놀라서 도수를 불렀다.

도수는 급히 등을 돌렸다.

그는 손을 뻗어서 염민혁이 휘두른 칼날을 손으로 잡았다.

손에 가죽 장갑을 끼고 있었던 것이 천만다행이지 않을 수가 없었다.

하마터면 손바닥과 손가락이 한꺼번에 잘려 나갈 뻔했으니까.

"끝까지 하이에나처럼 구는구만."

"이, 이런 씨발."

염민혁은 두 손으로 칼을 잡고 있는 힘껏 밀어 넣었다. 그러나 도수에게 잡힌 칼은 조금도 움직이지 않았다.

그의 얼굴색이 점점 흑색으로 변해 갔다.

여기서 도수를 끝장내지 않으면 이 이후의 일이 어떤 식으로 끝맺음을 날지 염민혁 본인이 가장 잘 알고 있었다.

칼을 잡은 도수의 손이 안쪽으로 당겨졌다. 염민혁은 칼을 놓치고 말았다.

칼을 뺏은 도수가 그 칼로 염민혁의 허벅지를 내려찍었다.

푸식!

칼은 염민혁의 허벅지를 뚫고 들어가, 손잡이 부분까지 박히고 말았다.

"으아아아아아악!"

염민혁은 자리에 주저앉았다.

양손으로 칼의 손잡이를 잡았지만 너무 깊게 박혀서 빠지지도 않았다.

"수태야!"

도수는 1층에서 상황을 지켜보던 수태를 불렀다.

"네, 회장님."

"이놈, 뒤처리해라."

사형 선고인 셈이었다.

도수의 말뜻을 안 염민혁은 고통을 억지로 참으며 도수의 다리를 잡았다.

"흑흑, 제, 제발 회장님 살려 주십시오. 잘못했습니다. 다시는 회장님 앞에 나타나지 않겠습니다. 맹세합니다, 정말로 맹세합니다."

하지만 도수는 그를 쳐다보지 않았다. 마지막 기회까지

차 버린 남자다.

놈이 존재하는 것만으로도 많은 사람들이 피해를 입을 것이다.

뚜벅뚜벅.

도수는 1층으로 내려왔다. 수태와 실현은 2층으로 올라갔다.

그들은 염민혁의 팔과 다리를 묶었다.

염민혁이 심하게 발버둥을 쳐서 수태와 실현은 조금 애를 먹어야 했다.

여기서 끌려 나가면 자신이 어디로 가는지 본인이 가장 잘 알고 있었다.

"회장님! 제발! 제발! 살려 주세요, 잘못했습니다. 제발!"

놈의 목소리가 처절하게 홀 안에 울려 퍼졌다.

하지만 도수는 그를 다시 돌아보지 않았다.

수태가 청테이프로 그의 입을 막았다. 더 이상 그는 움직일 수도, 말을 할 수도 없었다. 공포에 젖은 눈동자에서 눈물이 계속해서 흘러내렸다.

"왜 울고 지랄이지? 네놈이 벌인 일, 네놈이 마무리를 하는 건데, 왜? 네가 이 꼴이 될 줄은 상상도 못했던 모양이지. 어때? 이런 꼴이 되고 나니까. 형식이 형님은 토막 내서 갔다 버렸다면서. 너도 곧 형님을 쫓아가게 될 거야. 그러니까 기대를 하라고."

실현은 입술을 뒤틀려 말했다.

도수는 클럽 밖으로 나오자 기동이 쫓아오면서 말했다.

"큰 형님, 제가 모시겠습니다."

"아니다. 너는 수태와 함께 일을 마무리해라. 나는 기현이에게 가 보겠다."

"아, 알겠습니다."

기동은 양팔을 벌리며 고개를 숙이고는 다시 클럽 안으로 뛰어 들어갔다.

클럽 밖에는 아무도 없었다. 클럽을 즐기러 오던 사람들은 간판 불이 꺼져 있는 것을 보고 다른 곳으로 운전대를 돌렸다.

건물 안에서는 엄청난 일이 벌어졌지만, 문 하나만 열고 나오자 세상 사람들은 아무것도 모르고 있었다.

비는 아직도 내리고 있었다. 내일 아침이면 기온은 떨어지고 빙판이 될 것이다.

도수는 장갑을 벗고 쓰레기통에 버렸다. 어쩐지 다시는 징이 박힌 가죽 장갑을 쓰고 싶지 않았다. 그는 옷깃을 여미고 밖으로 나갔다.

그의 머리 위로 차가운 겨울비가 떨어졌다.

조금은 어지럽던 머릿속이 맑아졌다.

직접 사람을 죽인 것은 아니지만 그의 명령으로 또다시 한 생명이 사라지려고 한다.

그 명령을 내릴 때의 기분은 참으로 더러웠다. 사람들을 아무렇지도 않게 죽이라고 명령을 내리는 염민혁의 정신은 어떻게 되어 있을지 궁금할 정도였다.

그렇게나 돈과 권력이 좋았을까.

몇 명의 목숨을 해치면서까지 강남 바닥을 떠나고 싶지 않았을까.

이곳이 무엇이기에…….

도수는 길을 걸으며 도시를 바라봤다. 높은 빌딩들이 화려한 빛을 내며 하늘 높이 솟아 있었다.

많은 사람들은 이곳에서 살아간다.

서울 각 지역에서, 지방에서 이곳으로 진출하기 위해 목숨을 거는 사람들이 손가락으로 셀 수도 없을 만큼 많았다.

강남이라…….

이곳은 사람들의 욕망으로 커진 곳이다.

욕망이 뭉쳐서 거대한 어둠의 발을 사방으로 뻗쳐 다른 사람들을 끌어들였다.

강남을 차지하기 위해서 싸움은 끝나지 않는다.

강남을 통합한다고 하더라도 다른 조직들이 끊임없이 진출을 시도할 것이다.

도수는 그들을 막아야 할 의무가 있었다.

또한 동생의 생사와 어머니의 복수도 해야만 한다.

그는 어깨가 무거워진다.

과연 이 모든 일을 자신과 같은 사람이 해낼 수 있을까, 라는 의문도 들었다.

답답한 마음에 도수는 담배를 물었지만 금방 비에 젖어서 불이 붙지 않았다.

도수는 그냥 입에 담배를 물고 걸어간다.

화려한 네온사인이 번쩍이는 거리, 도수가 가는 길의 목적지가 어디인지 알 수는 없었다.

5.
비상

CITY
WILD BEAS

현율 실업이 정식으로 출범했다.

본사는 영수에게서 빼앗은 건물을 사용했다.

1층 세입자들은 그대로 영업을 하게 했지만, 2층부터는 그럴 수가 없었다. 도수는 그들이 다른 곳으로 이사하는 대가로 충분한 돈을 마련해 주었다.

처음에는 불평 불만이던 세입자들이었지만 이사 비용 일체와 부동산 중개비까지 내주는 것으로 하여 그들의 불만을 잠재울 수가 있었다.

사무실에 필요한 물건들이 대량으로 건물에 위치한 사무실을 채웠다.

각각의 사무용 책상에는 컴퓨터가 놓였다.

그것을 사용해야 하지만 대다수의 조직원들이 컴퓨터를

사용할 줄 몰랐다.

그들이 잘하는 것이라고는 게임뿐이었다.

엑셀이 어떻고, 한글이 어떻고 등등 하나도 알지 못했다.

100대가 넘는 컴퓨터를 사들였는데 모두 게임을 하고 있는 것을 본 도수는 경악을 금치 못했다. 옆에 서 있던 기현이 민망해서 얼굴을 들지 못할 정도였다.

한술 더 떠서 기동이 도수에게 다가와 회장님, 이 게임이 요즘 제일 잘나가는 거랍니다, 라를 말을 하여 도수를 분노케 했다.

도수는 회장 특별 지시로 모든 조직원들에게 컴퓨터를 배울 것을 명령했다.

난데없이 공부를 해야 하는 조직원들은 새벽부터 컴퓨터를 배우기 위해서 학원을 다녀야 했다.

근처 컴퓨터 학원들은 경악을 금치 못했다.

수십 명이 넘는 건달들이 컴퓨터를 배우겠다고 새벽부터 찾아오니 난감할 지경이었다.

그렇다고 건달은 이곳에서 컴퓨터를 배울 수가 없습니다, 라고 말을 할 수는 없는 노릇이었다.

거구의 사내들이 정장을 입고 컴퓨터 앞에 앉아 있는 모습은 상당히 기괴했다.

그들을 가르치는 선생들은 새벽반만큼은 서로 들어가지 않기 위해서 애를 썼다.

당연한 말이지만 일반 수강생들은 모두 반을 옮겼다.

그들과 도저히 같이 수업을 들을 수가 없었다.

좌우에서 생전 듣도 보다 못한 욕들이 쉴 새 없이 오고 가니 어지간한 사람들은 두려움을 참지 못했을 것이다.

서로를 부르는 호칭도 모두 바꿨다.

큰 형님, 형님이라는 모든 호칭을 퇴출시켜 버렸다. 회사에서 형님이라는 소리가 들리면 일주일간 훈련소에 집어넣는다고 엄포도 놓았다.

말은 훈련소지만 조직원들의 심신을 단련시키기 위한 극기 훈련 장소였다.

소종태의 별장을 개수해서 만든 곳이다. 조직원 전원이 5조로 나눠 훈련소에 갔다 왔다.

교관은 도수와 기현, 수태, 기동이었다.

도수는 묵묵하게 조직원들을 굴렸고, 기현은 체계적으로 조직원을 굴렸다.

수태는 말없이 원리원칙대로 조직원들을 굴렸다. 기동은 신이 나서 조직원들을 잡았다.

조직원들은 지옥을 맛봤다.

첫날은 대부분의 조직원들이 제대로 된 밥도 먹지 못했다. 군대를 다녀온 몇몇 조직원들은 유격 훈련도 이것보다 힘들지 않다면서 경악을 했을 정도였다.

그렇기에 그들은 다시 훈련소를 가지 않기 위해서 지침서가 나온 바로 다음 날 호칭을 바꿀 수가 있었다.

대부분이 사원으로 시작했다.

그래서 서로를 호칭할 때는 OO씨, 라고 불러야 했다.

류현과 한민광이 사라졌기에 새로운 과장을 임명해야 했다.

예전 호칭으로 치면 간부, 즉 중간보스급이 과장이었다.

두 번의 큰 항쟁으로 워낙 많은 사람들이 본의 아니게 은퇴를 해야 했기에 인재의 수가 모자랐다.

어느 정도 자리를 잡은 사원들은 혹시, 라는 기대를 품었다.

벽보가 붙었다.

새롭게 과장이 된 사람은 세 명이었다.

영업 2부에 백재현 과장, 영업 3부에 편광수 과장, 새롭게 생긴 영업 4부에 경인철 과장이었다.

모두 20대 후반의 젊은 간부로서, 몇 년 전부터 꽤나 능력이 있는 간부 후보생들로 촉망받던 인재들이었다.

보통 때라면 5년이 지난 이후에나 간부가 될 자들이었다. 하지만 현율 실업의 여건상 그들을 빨리 진급시킬 수밖에 없었다.

회사가 빠르게 자리를 잡을 수 있었던 이유 중에 하나는 조형은과 이영옥 덕분이기도 했다.

도수가 알지 못하는 사이 어느새 현율 실업의 스폰서는 그들이 되어 있었다.

특히 부동산을 바탕으로 막대한 자금력을 쥐고 있는 이영옥이 스폰서라는 사실은 강남을 노리던 모든 조직들을 움츠

리게 만들었다.

그것은 대치동 파도 마찬가지였다.

조형은과 이영옥이 도수의 스폰서라는 것을 안 김종민은 먼저 도수를 처리하지 못한 것에 대해서 땅을 치고 후회했다고 한다.

도수로서는 원하지 않았지만 본의 아니게 큰 빚을 지게 된 셈이었다.

들리는 소문으로는 김종민이 눈에 가시 같은 도수를 치기 위해 움직일 준비를 하고 있었다고 하니 말이다.

도수는 2층부터 5층까지 모두 훑어보았다.

여느 회사와 다를 바가 없었다.

아직 정리가 되지 않아서인지 조직원에서 사원으로 호칭을 변경한 사내들이 깔끔한 정장을 입고 짐들을 나르고 있었다. 두꺼운 금목걸이를 모두 빼고, 문신도 보이지 않게 가렸다.

"식당은?"

도수가 기현에게 물었다.

"지하입니다. 룸살롱을 치우고 그곳에 직원 식당을 만들었습니다. 모두 식당으로 쓰기에는 너무 넓어서 한쪽 구석에 헬스장도 만들었습니다."

"잘했군."

도수는 고개를 끄덕였다.

그와 기현, 수태는 3층으로 올라갔다.

2층과 3층은 거의 구조가 비슷했다.

다른 점이 있다면 소, 중, 대로 회의실이 있다는 것이다.
종종 여자 직원들도 보였다.

"여자 직원들이 있네?"

"네, 다섯 명을 새로 뽑았습니다. 아무래도 총무과가 필
요할 것 같아서요."

"잘했어. 인원이 모자라면 그때그때 뽑아서 써. 이제 깡
패라는 소리는 듣지 말아야지."

"알겠습니다. 걱정하지 마십시오."

기현은 웃으면서 대답했다.

4층은 기현이 근무하는 기획실과 법무팀, 경호실이 있었
다.

몇몇 사무실은 비워져 있었다. 새롭게 들어설 다른 부서
라고 하였다.

2, 3층 일반 부서들보다는 사무실 조금 더 넓었다.

5층은 도수의 회장실과 비서실이 함께 있었다.

영수가 살던 가정집을 모두 드러내고 회장실로 개수를 했
다.

바닥에는 깨끗한 카펫이 깔려 있었고, 10명은 너끈하게
앉을 수 있는 고급 가죽 소파가 놓였다. 벽에는 고급 책장
이 있고, 책들이 가득했다.

나름 만족한다.

회장실 바로 밖에는 비서실이 있었다.

책상은 세 개가 놓여 있지만 앉아 있는 사람은 여비서 한 명뿐이었다.

도수와 기현이 5층에 들어서자 여비서가 자리에서 일어나 배꼽에 손을 대고 정중하게 허리를 숙였다. 도수는 그녀를 보고 고개를 끄덕였다.

키도 크고 꽤나 예쁘장한 비서였다. 머리도 단정하게 빗어 넘겨 스튜어디스를 연상시켰다.

"회장님, 식사는 어떻게 하시겠습니까?"

기현이 물었다.

"조금 있다 유정이 이쪽으로 오기로 했어."

"유정 씨가 아니, 형수님은 오늘 비번인가요?"

"형수님은 무슨…… 낯간지럽다. 그냥 유정이라고 불러."

"아, 네."

기현은 조금 앞서 나갔다고 생각했는지 뒷머리를 긁적거렸다.

"이쪽으로 취재를 나왔었나 봐. 점심 때쯤 끝난다고 하니까 같이 먹기로 했어."

"네, 그럼 저는 이만 내려가 보겠습니다. 식사 맛있게 하십시오."

"그래. 내려가서 애들 좀 챙기고."

"알겠습니다."

기현은 빙그레 웃고는 회장실을 나갔다.

시간을 보니 11시가 조금 안 되었다. 약간의 시간이 남았으니 도수는 몸을 풀기로 했다.

그는 정장 상의를 벗었다.

와이셔츠도 벗었다.

안에는 아무것도 입지 않았다.

상의를 모두 벗자 완벽한 상체가 드러났다.

도수는 천천히 근육을 풀었다.

며칠 동안 축하한다면서 꽤나 많은 사람들이 찾아왔다.

대부분이 압구정 파와 신사동 파의 항쟁을 보며 눈치를 보던 자들이었다.

그들의 입장에서는 어느 한쪽에 붙을 수가 없었다.

어느 쪽을 선택했다가 잘못하면 자신들의 업소나 회사가 송두리 째 날아갈 수도 있기 때문이었다.

이제는 결판이 났다.

압구정 파는 다시 부활하지 못한다.

압구정 파의 간부들이 모조리 사라지고, 다시는 이 바닥에 발을 붙이지 못한다.

최소한 현율 실업이 사라지기 전까지는.

노심초사하며 항쟁을 지켜보던 업소 사장들은 결판이 나자마자 도수에게 몰려들었다. 박쥐와 같은 행태지만 그들의 입장에서는 당연한 일이었다.

살아남기 위해서는 어쩔 수가 없었으니까.

도수는 그들과 술을 마신 후 기현과 이런 대화를 나눴다.

무조건적인 보호비를 받는 것은 옳지 않았다. 차라리 보안 업체를 하나 설립하자.

작은 보안 회사를 인수해서 그들에게 노하우를 배운 후 현율 실업이 업소들을 관리하는 것이다.

기현은 좋다고 대답했다.

그는 바로 다음 날 그 일에 대해서 착수했고, 영업 실적이 좋지 않은 보안 회사를 알아보고 있는 중이었다.

덕분에 도수는 며칠간 몸을 풀지 못했다. 매일 아침 숙취에 골머리가 아플 정도였다.

도수가 몸을 풀자 금방 땀방울이 카펫 위로 떨어졌다. 근육들이 팽배해지면서 무아지경에 빠져들었다.

그때였다. 비서가 노크를 한 후 회장실로 들어왔다.

그때까지도 도수는 비서가 들어온지 모르고 있었다.

도수가 몸을 푸는 것을 본 비서는 깜짝 놀라 얼굴을 가리며 밖으로 나갔다.

얼굴이 벌겋게 달아올라 있었다.

문이 닫히는 것을 본 도수는 비서가 들어왔다 나간 것을 알았다.

상의를 모두 벗고 있는 것을 보고서 놀란 모양이었다.

아무래도 상관이 없었다. 도수는 그렇게 유정이 전화가 올 때까지 몸을 풀었다.

*　　　*　　　*

나이 24세.

신장 165cm.

몸무게 48kg.

34—24—35의 이상적인 몸매.

이름은 채진아.

Y대학교 신방과를 졸업한 꽤나 능력 있는 여자가 그녀였다.

학창 시절부터 남자들이 줄줄 따랐던 퀸카 중에 퀸카.

왜 연예인을 하지 않냐는 말이 나올 정도였다. 하지만 진아는 연예인이 되고 싶은 생각이 추호도 없었다.

자신의 손으로 사업을 해 보고 싶은 생각이 머릿속에 가득했다.

그녀는 대학교 2학년 시절부터 쇼핑몰 사업을 시작했다. 자신이 몸매를 드러내고 열성적으로 매달렸지만 결과는 실패. 아르바이트를 해서 모은 천만 원만 날렸다.

대학교 4학년 시절 다시 한 번 쇼핑몰에 도전했다. 이번에는 다른 친구와 동업을 했다.

초반에는 어느 정도 매출이 따라 주는가 싶었다. 하지만 그것 역시 결과적으로 실패였다.

동업을 했던 년이 수익금 전부와 오피스텔 보증금을 들고서 남자 친구와 함께 날라 버렸다.

사기로 그년을 고소했지만, 이미 돈은 다 써 버리고 난 후였다.

대학 시절 사업을 두 번이나 한 덕분에 학업 성적은 상당히 낮았다.

성적은 2.77.

이 성적으로는 대기업의 원서를 넣기에도 빠듯했다.

토익 성적은 형편없었다. 에라, 모르겠다는 심정으로 원서를 넣지만 줄줄이 낙방이었다.

Y대학교라는 프리미엄은 소용이 없었다. 최소한 토익 성적만이라도 좋았다면 1차 서류 접수에서 물을 마시지는 않았을 것이다.

그녀는 꽤나 실망감에 휩싸였다.

그대로 포기할 수는 없었다.

그녀는 오전에 아르바이트를 시작했다. 오전에는 프랜차이즈 햄버거 가게에서 8시간 동안 일을 했고, 오후에는 과외를 했다.

틈틈이 인터넷을 뒤져서 취직 자리를 알아봤다. 취직 자리를 알아보면서 그녀는 자신이 한심해진다고 느껴졌다. 어렸을 적에는 꿈도 많았다.

너무 예쁘게 생겼다면서 연예인이 되어 보라는 제의도 쏠쏠하게 받았다.

하지만 그녀는 자신만의 사업을 경영한다는 꿈이 있었다. 반드시 실현이 될 것이라 믿어 의심치 않았다.

그러나 시간이 지날수록 커다란 벽에 부딪쳤다.

그리고 지금은 어떡하든 취직이라도 하기 위해서 애를 자신이 너무도 한심하고 비참하게 느껴졌다.

여느 대학생들과 조금도 다를 바가 없었다.

그러던 어느 날, 진아는 흥미로운 구인란을 보게 되었다. 비서실의 비서를 뽑는다는 구인란.

연봉 3500만 원.

연봉은 나쁘지 않았다.

회사의 명칭은 현율 실업.

처음 들어 보는 회사 이름이었다. 인터넷에서 현율 실업 이라는 곳을 찾아봤지만 비슷한 명칭만 있을 뿐, 단 하나도 그 회사에 대한 정보가 없었다.

어느 정도의 출신을 요하는지도 나오지 않았다. 대학도, 성적도 요구하지 않았다.

그런데도 연봉을 3500만 원이나 준다.

어쩐지 그녀는 현율 실업이라는 곳에 강렬한 끌림을 받았다.

인터넷으로 원서를 작성하고 현율 실업에 지원을 했다.

비서 한 명과 총무과 3명, 인사과 2명을 뽑는 중이었다. 그중에서 진아는 비서과에 지원을 했다.

일주일 후 현율 실업이라는 곳에서 전화가 왔다.

목소리가 무척이가 걸걸한 남자 목소리였다.

그는 삼 일 후, 2시까지 면접을 보러 오라고 말을 하고는 전화를 끊었다.

누군지 몰라도 예의가 없는 사람이라고 느껴졌다.

삼일 후 진아는 투피스 정장을 차려입고 압구정동으로 향했다.

혹시 피라미드 회사는 아닌가 걱정도 되었다. 동기들 중에 성적이 낮았던 몇 명이 피라미드에 잡혀서 상당한 고생을 했다는 얘기도 들었으니까.

솔직히 말하면 겁이 난다.

그래도 이상하게 현율 실업이라는 곳이 끌렸다. 진아는 느낌을 믿기로 했다.

압구정 역에서 내린 그녀는 핸드폰에 깔아 놓은 지도 찾기로 회사를 찾아갔다.

현율 실업의 규모는 그리 크지 않았다. 크지 않기에 더욱 의문을 가지게 된다.

설마 진짜로 피라미드 아니야, 라며 덜컥 겁을 먹었다. 그냥 가, 말어, 라며 몇 번이나 고민을 거듭한다.

이왕 여기까지 왔는데 일단 한 번 어떤 곳인지 구경이나 하자, 라는 심정으로 진아는 회사 안으로 들어갔다.

엘리베이터가 한 곳밖에 없었다.

그곳으로 상당한 물건들이 들어오고 있었다. 책상과 의자, 복사기와 컴퓨터, 각종 장비들이 상당히 많았다.

면접을 보러 온 사람들은 꽤나 많아 보였다.

모두가 여자였다.

그녀들을 가득 태운 엘리베이터가 4층으로 향했다.

엘리베이터 문이 열리고 수십 명의 정장을 입은 여성들이

서 있는 것을 보았다. 그녀들은 모두 가슴에 번호를 달고 있었다.

엄청나게 덩치 큰 사내가 다가와서 진아에게 번호표를 주었다. 위압감이 팍팍 풍기는 사내였다.

"그걸 가슴에 다시구려."

하지만 생전 듣도 보도 못한 사투리를 구사하는 이상한 사내이기도 했다.

면접은 한 명씩 진행되었다.

1시 50분에 도착했지만 그녀가 면접을 봤을 때는 3시가 넘었다.

면접관들은 무척이나 젊었다.

아무리 많게 잡아 줘도 서른 살 안팎인 듯했다.

명패에 직위는 없었다.

이기현, 양수태, 김실현, 이라는 이름만 적혀 있을 뿐이었다.

정상적인 회사가 많나, 라는 의문이 들 정도로 위압감이 느껴지는 사람들이었다.

매의 눈으로 진아를 훑어본다. 그녀는 자신도 모르게 오싹함을 느꼈다.

처음에 질문은 별게 없었다.

학교 성적이 좋지 않은데 무슨 일이 있었냐, 이 회사는 왜 지원하게 됐냐, 무슨 일을 하는지 알고 있냐 등등을 물어보았다.

질리도록 대답했던 질문들이다.

진아는 차분하게 그들의 질문에 대답을 했다.

하지만 질문이 점점 이상해져 갔다.

"영어는 할 줄 압니까?"

실현이라는 사내가 물었다.

"토익 성적을 말씀하시는 겁니까?"

"토익이요? 음, 토익이라……."

실현의 난감해하는 모습이 역력했다.

그는 우측에 있는 기현이라는 사내에게 도움을 요청하는 것 같았다.

"영어 시험 중에 하나다."

기현은 짧게 대답했다.

"아, 그렇군요."

실현은 안도하는 한숨을 쉬었다.

진아는 그들의 모습을 보며 뭐지? 라는 생각을 하게 되었다. 설마 토익, 토플이 무엇인지 모르는 것은 아니겠지, 아닐 거야. 웃기려고 하는 것도 아닌 것 같은데, 라고 생각할 수밖에 없었다.

가장 황당한 질문은 마지막에 나왔다.

"담력은 좀 있습니까?"

기현이라는 사내가 물었다.

"담력이요?"

수십 번의 면접을 보면서 생전 처음 들어 보는 질문이었다. 회사 생활과 담력과 무슨 상관관계가 있는지 진아로서는 전혀 이해를 하지 못했다.

그래도 면접관의 질문이니 대답을 해야 했다.

"또래에 비해서 꽤 강한 편입니다."

진아는 솔직하게 대답했다.

저는 무서운 것을 정말 싫어합니다, 바퀴벌레만 봐도 기절을 합니다, 라는 애교 섞인 말 따위는 하지 않았다.

"얼마나요?"

기현이라는 사내가 다시 물었다.

"음, 놀이공원에서 무서운 놀이기구도 잘 타고요. 공포 영화도 혼자서 볼 줄 압니다."

"그럼 질문을 바꿔 보겠습니다. 채진아 씨 주변에 깡패들이 가득 하다면 어쩌시겠습니까?"

"제가 잘못한 것이 있냐, 없느냐의 따라서 달라지겠죠. 무섭기야 하겠지만 제가 잘못한 것이 없다면 당당할 수 있을 것 같습니다."

진아의 질문에 기현의 눈초리가 변했다.

수태와 실현도 마찬가지였다. 꽤나 만족한 표정이었다.

기현은 합격 여부를 모레까지 알려 준다고 하였다. 진아는 잘 부탁드린다고 인사를 하고는 밖으로 나왔다.

일단 밖으로 나오고 나니 긴장이 풀렸다.

조금 이상한 면접관이라는 생각이 들었다. 무슨 회사인지 알아보지 못한 것이 조금 아쉬웠다.

어쩌지 피라미드는 아닌 듯했다.

합격 여부는 3일 후에 들려왔다.

저번에 들었던 걸걸한 목소리의 사내가 다시 전화를 걸었다.

—합격했으니까 다음 주부터 출근해요. 월요일에 오리엔테이션이 있습니다.

정말 불친절한 목소리였다.

보통은 목소리가 좋은 여자가 전화를 하는데 이 회사는 일부러 그러는지 엄청나게 살벌한 목소리의 남자가 전화를 했다.

그녀는 부모님께 취직을 했다고 말씀을 드렸다.

그동안 겉으로 표현을 안 했지만 꽤나 노심초사를 했던 모양이다.

부모님은 잘됐다면서 양복을 한 벌 사 주셨다.

괜찮다고 말했지만 부모님은 끝내 그녀를 백화점으로 데리고 가서 짙은 색 투피스 정장을 사 주셨다.

평범하지만 깔끔하게 입기는 좋은 정장이었다.

월요일이 다가왔다.

첫 출근이라 그런지 잠이 설쳤다. 예전에 사업을 했던 때와는 다른 기분이었다.

긴장되었던 그녀의 기분은 2층에 들어선 순간 기절초풍을 하고 말았다.

수십 명의 건달들이 각각의 자리에 앉아 있는 것이 아닌가.

그녀가 아무리 그쪽 세계의 문외한이라고 하더라도 건달들과 일반인들은 구별할 줄 알았다.

단언컨대, 그들은 모두 건달들이었다.

왜 건달들이 사무실에 앉아 있는지 이해가 되지 않았다. 심장이 벌렁벌렁 떨리고 가슴이 후들후들 떨렸다.

설마, 사채업자들은 아니겠지?

뭔가가 잘못된 것만 같았다.

그러고 보니 기현이라는 사람이 물어봤던 질문이 떠올랐다.

담력이 강하냐는 희한했던 질문.

사나운 늑대들이 있는 소굴에 혼자 놓인 듯한 기분이 들었다.

"신입사원이지요?"

면접 시 봤던 거대한 덩치의 사내가 웃으면서 다가왔다.

워낙 말투가 특이해서 똑똑히 기억하고 있었다.

웃는 모습이 곰 캐릭터 똑같아서 얼굴만 보자면 무척이나 귀여웠다.

저 거대한 덩치만 아니면.

"네? 네."

진아는 고개를 끄덕였다.

"저는 이기동이라고 합니데이. 특별 영업팀을 맡고 있지예."

"특별 영업팀이요?"

영업팀은 영업팀이지 특별 영업팀은 무엇이란 말인가.

"그런 것이 있습니더. 오, 오리엔테이션? 맞나? 여튼 그런 것이 4층에서 있으니께, 그리로 가 보이소."

"알겠습니다."

고개를 끄덕인 진아는 서둘러 4층으로 올라갔다.

대회의장에는 이미 여러 명의 여직원들이 앉아 있었다.

그녀들의 눈동자 또한 상당히 불안해 보였다.

2층에서 그 꼴을 봤으니 당연할 것이다. 몇몇 여직원들은 당장이라도 이곳을 빠져나가야 하는지 걱정스럽게 성토를 했다.

진아는 자리에 앉았다.

담력이 세냐고 물어봤을 때는 그럴 만한 이유가 있을 것이다.

잠시 후 기현이라는 사람이 들어왔다.

그는 반갑습니다. 저는 이기현이라고 합니다. 현율 실업에 기획 실장으로 있습니다, 라고 자신을 소개했다.

진아는 잠자코 그의 말을 들었다.

현율 실업은 이제 막 시작하는 중소기업이었다. 자금력도 괜찮았고, 관리하는 업소도 상당히 많았다.

곧, 보안 회사를 인수하여 강남을 기반으로 세력을 확장시킨다고 하였다.

그렇다면 2층에서 득실거리던 건달처럼 보이던 사람들이 모두 보안 회사 직원인 모양이었다.

다 듣고 나니 그다지 나쁜 회사 같지는 않았다. 그녀의 마음에 든 것은 회사가 이제 막 시작했다는 점이다. 즉, 자신들은 회사 창립 멤버인 셈이었다.

그것이 가장 마음에 들었다. 얼마든지 자신의 역량을 키워 나갈 수 있으니 말이다.

오리엔테이션이 끝난 후 이기동 특별 영업팀 과장이 회사를 구경시켜 주었다.

지하에는 구내식당이 있었다.

공짜라는 점이 아주 마음에 들었다.

공짜에 비해서 식단은 좋았다. 어설프게 도시락을 사 먹느니 이곳에서 식사를 하는 것이 훨씬 나았다.

식당 옆에는 헬스장이 있었다.

처음에는 눈이 반짝였지만 이내 경악으로 바뀌었다.

온몸에 문신을 한 십여 명의 사내들이 역기를 들고 있는 것이 아닌가.

이기동 과장이 헬스장 안으로 뛰어 들어가 살벌한 욕을 내뱉었다.

"이 씹어 먹어도 시원찮을 새끼들! 내가 그림 드러내지 말라고 그랬재! 우리는 이제 회사원이라고 안 캤나. 이 씹자씨구리 새끼들아! 다시 한 번 여직원들 있는 앞에서 웃통만 벗어 봐라, 내가 직접 니 새끼들 눈깔을 확 뒤집어서 튀겨 먹을 테니까."

살다, 살다 이렇게 살벌한 욕은 처음 들어보는 진아였다.

이기동 과장의 욕을 얻어먹은 사원들이 주섬주섬 와이셔 츠를 주워 입었다.

그들은 여직원들에게 고개를 숙여서 죄송하다고 말했다.

그들이 인사를 할 때 심장이 벌렁거려서 주저앉을 뻔했 다.

이젠 왜 담력이 세야 했는지 뼈저리게 느낀다.

그럼에도 진아는 신이 났다.

완전히 새로운 세상이었다.

대한민국 어디에 이토록 독특한 회사가 있을 수 있단 말 인가.

그녀는 자신이 어떤 일을 할지 기대감에 부풀었다.

그녀가 현율 실업의 회장을 본 것은 출근한 지 이틀이 지 나서였다.

회장의 이름은 마도수.

젊다는 얘기는 들었다. 30대 중반도 되지 않아서 이 정 도의 회사를 설립할 사람이라는 얘기를 들으니 어떻게 생겼 는지 무척이나 궁금했다.

하지만 그를 보고서는 너무 놀랐다.

처음 그가 나타났을 때 오줌을 지릴 뻔했다.

농구 선수만큼이나 큰 키에 무척이나 냉혹한 눈동자를 하 고 있었다.

얼굴에 자상이 있어서 더욱 살벌했다.

그녀는 억지로 미소를 지으며 회장에게 인사를 건넸다.

회장은 고개만 까닥이고는 회장실로 들어갔다.

무척이나 냉정한 사내 같았다. 그래도 그에 대한 궁금증은 사라지지 않았다.

도대체 어떤 방법으로 저 나이에 이런 회사를 설립했는지 궁금하기만 했다.

잠시 후 기현이 회장실 밖으로 나왔다. 그는 진아에게 수고해, 라고 말을 하고서는 계단을 이용해서 아래층으로 내려갔다.

눈매가 날카롭지만 매너는 좋은 사람이었다.

다른 사람들을 대할 때도 억압적으로 얘기하지 않는다. 얼굴에 자상만 없으면 공부를 잘한 우등생으로도 보였다.

생각해 보니 회장부터 실장까지 얼굴에 자상이 있는 사람들이 많았다.

얼굴에 자상이 흔한 것일까, 라는 생각이 들 정도였다.

진아는 녹차를 탔다.

보통 티백 녹차가 아니라 마트에서도 가장 비싼 타 먹는 녹차였다.

회장님을 잘 모시라면서 기획 실장이 법인 카드를 줬으니 돈을 아낀다고 싸구려 녹차를 살 필요는 없었다.

녹차를 고급 잔에 타서 회장실에 노크를 했다.

안에서는 아무런 반응이 없었다. 두 번 더 노크를 했다.

그 빠른 시간 안에 잠든 것은 아니겠지, 생각을 하며 조심스럽게 문을 열었다.

그 순간.

진아는 태어나서 가장 아름다운 장면을 보았다. 전적으로 주관적인 느낌이지만, 아름다운 장면임은 틀림이 없었다.

창문 밖으로 붉은 노을이 비치고, 그 앞에 한 사내가 서 있었다.

마도수 회장.

회장은 상의를 반 나신이었다. 그의 상체는 조각을 해 놓은 것처럼 아름다웠다.

빛에 비친 상체의 근육들이 살아 있는 생명처럼 꿈틀거렸다.

진아도 연애 경험이 있다. 많은 것은 아니지만 남자 친구들과의 잠자리도 가졌었다.

하지만 이제껏 남자의 몸이 이토록 아름답다고 느낀 적은 단 한 번도 없었다.

그녀는 넋을 잃고 몸을 풀고 있는 마도수의 육체를 바라보았다.

한참을 바라보고서야 자신이 무엇을 하고 있는지 눈치챈 진아는 얼굴이 붉게 물들었다.

너무도 창피했다.

그녀는 재빨리 회장실을 나왔다.

그가 자신을 보면 너무 부끄러워서 쥐구멍에 숨어 버리고 싶을 것이다.

다행히 회장은 몸 풀기에 열중을 하느라 자신을 보지 못한 모양이었다.

천만 다행이지 않을 수가 없었다.

자리에 앉은 진아는 숨을 골랐다.

거울을 보자 볼이 새빨갛게 달아올랐다. 어쩐지 온몸이 뜨거워지는 기분이 들었다.

숨을 고른 그녀는 이 회사와 꽤나 오랜 시간 동안 인연을 이어 나갈 것 같은 느낌을 받았다.

"홋, 좋았어. 그럼 한 번 청춘을 불살라 볼까."

*　　*　　*

도수는 일산 집에 와 있었다.

주말이라 오늘은 쉬고 싶었다.

봄이 다가오고 있어서인지 꽃샘추위가 맹렬하다. 어지간해서는 나가고 싶지 않았다.

하지만 기현은 쉬고 싶어도 쉬지 못했다.

기현과 기동이 점심부터 찾아왔다.

푹 늦잠을 자고 싶은 도수의 작은 소망을 산산조각 내놓는다.

왜 왔냐고 물었더니 기동의 대답이 더욱 가관이다.

기동은 흔하고 흔한 고량주를 잔뜩 사 와 마시자고 한다.

도수는 한숨을 쉬며 들어오라고 말했다.

"큰 형님, 집이 왜 이렇게 춥습니꺼?"

기동이 파카를 벗으며 말했다.

"혼자 있는데 보일러는 켜기에는 너무 아깝잖아."

"그래도 그렇지. 너무 추운 거 아입니꺼."

"네가 같이 살 거 아니면 신경 꺼. 나는 괜찮으니까."

"에이, 섭섭하게."

기동은 그렇게 말을 하면서 부엌으로 갔다.

자신이 직접 안주를 차리겠다고 한다.

도수는 마음대로 해, 대신 설거지도 해야 한다, 라고 말했다.

기동은 알았다고 대답했다.

무슨 안주를 만들려고 저렇게 잔뜩 사 왔는지 궁금하다.

그는 한 시간을 넘게 부엌에서 뚝딱 거리더니 몇 가지 음식을 내왔다.

고추잡채와 파스타였다.

"네가 이런 걸 다 만들 줄 알아?"

기현은 놀랍다는 듯이 물었다.

도수도 놀라기는 마찬가지였다.

전혀 음식과 어울리지 않게 보이는 기동이다. 그가 이런 음식을 만들었다는 것이 믿기지가 않는다.

"자취 생활 10년에 이 정도도 못 만들어서 어디 쓰겠습니꺼. 한 번 맛들 보이소."

기동이 빙그레 웃으면서 말했다.

도수와 기현이 젓가락을 들고 고추잡채를 맛보았다.

상당히 맛이 좋았다. 안주로는 물론이고, 식사로도 손색이 없었다.

파스타도 마찬가지였다.

고추잡채와 파스타가 전혀 어울리게 보이지는 않았지만 먹다 보니 나쁘다는 생각은 들지 않았다.

"비서는 어떻습니까?"

기현이 도수에게 물었다.

"나쁘지 않아."

진심이었다.

예전에는 비서라는 것이 과연 필요한 직업일까, 라고 생각했었다.

굳이 자신의 스케줄을 다른 사람이 관리하는 것도 이상했다.

하지만 이번에 직접 겪고 나니 왜 회장이나 사장들이 비서를 쓰는지 알 것 같았다.

항쟁이 마무리되니 엄청난 업무들이 물밀듯이 밀려왔다.

그가 직접 하지 않아도 되는 자잘한 일까지도 모두 서류로 만들어서 결재를 해야만 했다.

그가 결제를 하지 않으면 사원들이 하는 일들은 멈추게 된다.

그 모든 업무들을 도수가 알기 쉽게 정리를 해서 가져다주었다.

또한 시간 단위로 도수가 해야 할 일들을 알려 주고, 만나야 될 사람, 만나기 싫을 사람들까지 알아서 처리를 해준다.

진아가 비서를 하고 나서는 자신이 해야 할 일이 반으로 줄어든 것 같았다.

물론 진아가 비서로서 능력이 탁월한 것도 한몫을 했다. 종종 다른 중소기업 사장들과의 만남에서 진아를 데리고 가기도 한다.

그녀는 도수보다 지식이 월등히 많았다.

더군다나 도수가 만나기로 한 업체를 미리 공부하여 준비를 했기에 도수가 말이 막히거나 불편함을 겪는 일도 거의 없었다.

"다행이네요. 꽤나 똑똑한 여자 같았거든요."

도수는 고개를 끄덕였다.

셋은 이런저런 얘기를 하며 고량주 일곱 병을 비웠다.

워낙 술이 독해서 그런지 취기가 금방 올라왔다.

"기현아."

"네, 큰 형님."

"성폭행을 저지르고도 미성년자인 이유로 아무런 처벌을 받지 않은 중학생 네 놈이 있다. 너 같으면 그들을 어떻게 처리하겠나."

도수가 물었다.

유정에게 얘기를 듣고, 피해자를 직접 본 후 언젠가 피의자인 놈들을 처리하기로 마음을 먹었었다. 일이 마무리가 된 이상 더 미룰 필요는 없었다.

"성폭행을 저지른 중학생 네 놈이오?"

고개를 끄덕인 도수가 유정에게 들었던 이야기를 그대로 해 주었다. 그의 얘기를 들으면서 기현과 기동은 몹시도 화를 냈다.

특히 아이들이 웃으면서 재판장을 나왔다는 소리를 들을 때는 심한 분노마저 느꼈다.

"완전 쓰레기들이네요."

"맞아. 어차피 커도 사회에 해만 끼칠 놈들이지. 갱생의 여지가 없다고 생각한다."

"음, 그럼 놈들을 혜미라는 아이와 똑같은 고통을 맛보게 하는 것은 어떻습니까."

"똑같은 고통이라니. 그게 무슨 소리지?"

"믿으실지 모르지만…… 한국에도 남창이 있습니다."

"남창이라면?"

"몸 파는 남자 말입니다. 그들 대부분이 성 정체성을 가진 자들입니다. 트랜스젠더도 꽤 많고요."

"그런 것이 있었나. 처음 듣는군."

"이태원에 가면 생각보다 많습니다."

"그렇군. 그래서?"

"나름 이태원은 고급화가 되어 있죠. 그쪽을 찾는 손님들도 생각보다 많고요. 하지만 질이 낮은 쪽도 존재합니다. 동두천에 가면 미군을 상대로 몸을 파는 애들이 꽤 있습니다."

"남자가?"

"네. 그곳까지 가면 거의 막장인 셈이죠. 미군을 상대로 영업을 하는 애들이라 그쪽 애들도 상당히 거칠고요. 걔들한테 팔면 됩니다. 똑같이 당해 보라고요."

"인신매매 아닌가?"

"맞습니다. 하지만 큰 형님께서는 쓰레기들을 치우려고 하는 일 아닙니까?"

기현이 되물었다.

도수는 고개를 끄덕였다.

이 시간에도 놈들은 어떤 짓을 저지를지 모른다. 어쩌면 다른 희생자가 생겼을지도 몰랐다.

이번에 일을 겪었으니 더욱 은밀하게 희생자를 찾을 지도 몰랐다.

충분히 그럴 가능성이 있는 놈들이다.

"놈들을 잡아다가 동두천에 팔아 버리면 됩니다. 성폭행이라는 것이 얼마나 큰 상처를 주는지 직접 겪게 할 수 있습니다."

"돌아올 수는 있나?"

"그거야 모르죠. 그쪽 조직들도 보통 악바리가 아니라서요. 어쩌면 미국이나 호주에 팔아 버릴지도 모르죠."

도수는 소파에 등을 데고 다리를 꼬았다. 그의 입술 끝이 말려 올라갔다.

미국이나 호주에 팔려 간다라.

자신들이 왜 그런 고통을 당해야 하는지 놈들은 알아야 한다.

그래야만 자신들이 약자에게 했던 일을 뼈저리게 느끼게 될 것이다.

물론 후회해도 소용은 없었다.

비록 도수와 직접적인 원한 관계는 없지만 혜미라는 착한 여학생을 죽음보다 더한 지옥으로 몰아넣은 대가를 받아야 한다.

"좋아. 그렇게 하도록 하지."

도수가 말했다.

"알겠습니다. 놈들의 신상만 알려 주십시오. 이번 주 안에 모든 일처리를 해 놓겠습니다."

기현은 사악하게 미소를 지었다. 그 역시 그런 인간쓰레기들을 내버려 둘 생각은 없었다.

비록 중학생이라고 하더라도……

6.

인과응보

WILD BEAST CITY

"으으으음."

진수는 신음을 흘리면서 의식이 돌아왔다. 눈을 떴지만
사방이 어두워서 사물을 분간할 수가 없었다. 머리는 어질
어질하다.

속은 메스꺼웠고 금방이라도 토하고 싶은 심정이었다. 조
금씩 정신 돌아오자 인상이 구겨졌다. 사방에서 곰팡이 냄
새가 그의 콧속을 파고들었다.

어둠도 익숙해진다.

그가 있는 곳은 어느 방이었다.

색을 알 수 없는 퀴퀴한 냄새가 나는 이불이 아무렇게나
놓여 있었다. 바로 옆에는 솜이 다 빠진 베개가 이불 위에
얹혀 있었다.

"내, 내가 왜?"

진수는 자신이 왜 이런 곳에 있는지 알 수가 없었다.

아무리 생각을 해도 무슨 일이 일어났는지 떠오르지 않았다.

그는 천천히 생각을 되짚어 보았다.

진수는 경찬, 민용, 하늘이와 함께 학교 뒷산에서 본드를 불었다.

본드를 불고 나니 기분이 좋아졌다. 어쩐지 여자와 그 짓을 하고 싶어졌다.

그는 친구들에게 여자와 하고 싶다고 말했다. 친구들은 찬성했다.

저번처럼 학교에서 일을 저지르지는 않을 생각이다. 혜미 미친 년 때문에 꽤나 고생을 했다.

그때 느낀 교훈은 여자가 자신들의 얼굴을 몰라야 한다는 것이다.

교복을 입고 있지 않으니 충분히 가능했다.

설마 중학생들이 그런 짓을 할까, 라고 사람들은 생각할 것이다.

물론 당한 여자도 그렇게 생각을 할 것이고.

그들은 비틀거리면서 산을 내려왔다.

동네 뒷산이기에 내려오는 데는 15분 정도밖에 걸리지 않았다.

그들은 으슥한 곳에 앉아서 지나다니는 여학생들을 바라

봤다.

늦은 시간이라 그런지 여학생들은 거의 보이지 않았다. 간혹 보이다고 하더라도 뚱뚱하거나 못생긴 애들뿐이었다. 아무리 여자랑 그 짓을 하고 싶어도 저런 애들과는 하고 싶지 않았다.

30분쯤 기다렸을까.

마음에 드는 여자애가 지나갔다. 키로 보아서는 고등학생쯤 되어 보였다.

얼굴도 반반하고 가슴도 컸다. 혜미보다는 훨씬 성숙해 보였다.

"좋아. 저년으로 하자."

진수가 자리에서 일어났다.

경찬과 민용, 하늘이 뒤따라 일어났다.

그들은 여학생의 뒤를 쫓았다.

여학생이 그들을 눈치챘다. 점차 걸음이 빨라졌다. 진수와 친구들도 걸음이 빨라졌다.

끝내 여학생이 뛰기 시작했다.

진수와 친구들은 호탕하게 웃으면서 그녀를 쫓았다.

그때였다.

봉고차 한 대가 그들의 앞을 가로막았다.

진수와 친구들이 멈칫거리면서 욕설을 내뱉었다.

봉고차에서 문이 열렸다.

문이 열리고 사내들을 본 순간 진수와 친구들은 입을 다물 수밖에 없었다.

제아무리 막 나가는 그들이라도 건달들을 상대로 욕설을 마음껏 내뱉을 수는 없었다.

네 명의 사내들이 급히 차에서 내리고, 그들의 입에 수건을 가져다 댔다.

수건에서는 알콜 냄새가 심하게 풍겼다. 그것으로 기억이 끝이 났다.

그리고 눈을 떠 보니 두려운 마음을 떠올리게 하는 이런 음침한 곳이었다.

"저기요……."

진수는 떨리는 목소리로 소리쳤다.

"저기요!"

두 번이나 불렀지만 아무도 응답이 없었다.

그는 자리에서 일어나 문고리를 잡았다. 옆으로 돌렸지만 잠겨 있는지 열리지 않았다.

쾅! 쾅! 쾅! 쾅!

진수는 문을 두드렸다.

몇 번을 두드려도 아무도 오지 않는다. 그는 문을 향해서 발길질도 했다.

덜컹—

갑자기 문이 열렸다.

민소매 티셔츠를 입고 있는 거구의 사내였다. 양팔에는 문신이 가득했다.

"이, 씨발놈이. 여기가 어디라고, 소란을 피우고 지랄이
야, 지랄은."

사내가 소리쳤다.

"저, 저기요. 여기에 어디에요. 엄마한테 전화 좀 하게
해 주세요."

진수의 목소리는 덜덜 떨려 왔다.

뭔가가 잘못되어 있다는 것을 느끼고 있었다. 아니, 확실
하게 잘못되었다.

아무래도 납치가 되었을 가능성이 높았다. 엄마에게 전화
만 하면 일을 해결될 것이다. 천만 원이든, 일억이든 내 줄
테니까.

"니미, 중삐리 새끼. 뭘 잘못 먹었나, 엄마 같은 소리하
네."

사내는 각목을 들었다.

그는 각목으로 사정없이 진수를 내려쳤다.

머리통을 직통으로 얻어 맞은 진수를 바닥에 쓰러지고 말
았다.

사내의 구타는 거기서 끝나지 않았다.

진수가 여기서 죽을지도 모른다는 생각을 할 때까지 10
분간이나 구타가 이어졌다.

"퉤, 씨발 새끼가. 조용히 자빠져 자고 있어. 비싸게 주
고 사 와서 물건 망가트리기 싫으니까."

비싸게 주고 사 와? 물건?

도대체 무슨 소리일까.

아무리 생각을 해도 무슨 일이 벌어지고 있는지 알 수가 없었다.

조금 시간이 지나자 온몸의 근육과 뼈들이 아파 왔다. 이렇게 심하게 맞아 본 적은 태어나서 단 한 번도 없었다. 너무 아파서 눈물이 흘렀다.

"씨발, 개새끼들. 여기서 나가기만 해 봐. 엄마, 아빠한테 다 일러서 콩밥을 먹일 거야. 개새끼들."

진수는 이를 갈았다.

반드시 이놈들의 정체를 알아내 끝장을 내 주겠다고 맹세를 했다.

하나, 세상은 그가 마음먹은 대로 움직이지를 않았다.

사내는 3시간이 지날 때마다 들어와서 각목으로 진수를 때렸다.

정확하게 3시간이 지날 때마다였다.

진수가 죽는지, 사는지도 확인하지 않았다. 무조건 들어와서 각목으로 그를 때렸다.

그리고는 나가면서 물건이 상하면 안 되는데, 말만 되풀이 했다.

처음에는 악에 받쳤던 진수지만 시간이 지나자 점차 모든 것을 포기했다.

너무 많이 맞아서 아픈 것도 느껴지지 않았다. 창문으로 조금씩 들어오는 햇살로 열흘 정도의 시간이 지났다는 것만 알 뿐이었다.

차라리 이대로 죽었으면이라는 생각이 든다.

내가 왜 개처럼 맞아야 해, 내가 왜 이런 곳에 있어야 해, 라는 의문도 점차 사라졌다.

하루에 세 끼 식사는 꼬박꼬박 나왔다.

식욕 따위가 있을 리 없었다. 그렇다고 먹지 않을 수도 없었다. 식사를 하지 않으면 문신을 새긴 사내가 나타나서 더욱 심하게 때렸으니까.

소변과 대변은 요강에 해야 했다.

냄새가 방 안에 가득했지만, 이미 후각이 마비가 되어서 어떤 냄새가 나는지 알 수도 없었다.

그렇게 시간이 지났다.

문이 열리고 문신 사내가 나타났다.

다시 때릴까 봐 몸을 웅크렸다. 이래야 덜 아프기 때문이었다.

"흠, 이제 말 좀 잘 듣겠는데요."

사내가 말했다. 그러자 정장을 입은 두 명의 사내들이 나타나서 진수를 끌어냈다.

진수는 아무런 말도 하지 못하고 질질 끌려갔다.

그들은 진수의 눈을 가리고 끌고 갔다.

진수는 차가운 공기를 느꼈다. 너무도 오랜만에 느껴 보는 바깥 공기.

그럼에도 그는 아무런 반항 없이 끌려갔다. 더 이상은 맞기 싫었다.

조용히, 아주 조용히 있는 것이 덜 맞는 지름길이라는 것은 그는 알고 있었다.

시동 소리가 들렸다.

차는 두 시간을 달려서 어느 술집 앞에 그를 내려다 놓았다.

누군가 다가온다.

싸구려 향수 냄새가 물씬 풍겼다.

그는 아니 그녀는 진수의 눈가리개를 풀어 주었다. 무척이나 키가 큰 여자였다.

"호호호, 반가워. 나는 패티 리라고 해. 언니라고 부르면 돼. 오랜 시간 같이 지낼 테니까 가족처럼 편하게 지내자고."

대략 서른 중반쯤 되어 보이는 여자였다.

하지만 목소리가 너무도 거슬렸다. 남성이 일부러 여성의 목소리를 흉내 내는 것 같았다.

"자, 이리 와."

그녀는 진수를 데리고 술집 안으로 들어갔다. 술집 안은 꽤나 컸다.

옛날 TV에서 봤던 1960~70년대 식 술집과 비슷했다.

탁자들이 있고 작은 무대가 있었으며 마이크와 건반, 드럼 등의 악기들이 보였다.

패티 리는 쪽문을 열고 안으로 들어갔다.

술집 안과는 많이 다른 모습이었다. 천장에 붉은 등이 소름끼쳤다.

쪽방들이 다닥다닥 붙어 있었고 옷을 거의 다 벗은 여자들이 담배를 폈다.

눈을 돌리던 진수는 기겁을 하고 말았다.

여자인 줄 알았던 그녀들이 모두 남자였던 것이다.

가슴이 나왔지만, 밑에는 남자의 거기와 똑같이 것이 달려 있었다.

"자, 네 방은 여기야."

패티 리는 겨우 한 평 반밖에 되지 않는 작은 쪽방에 진수를 넣었다.

"여, 여기가 도대체?"

"네가 손님을 받을 곳이야."

"소, 손님을 받다니요."

진수의 눈에서 눈물이 그렁그렁 맺혔다.

뭔가가 엄청난 불행이 닥쳐 오고 있는 것만 같았다.

여기서 나가지 못하면 끝장이라고, 그의 뇌리가 계속해서 경고음을 보냈다.

"후후, 내가 널 천만 원에 샀거든. 한 번 손님을 받는 데, 천 원씩 탕감을 해 주지. 그러니까 1만 명의 손님을 받으면 이곳에서 나갈 수 있을 거야."

패티 리는 빙그레 웃었다. 그 웃음이 악마보다도 더 끔찍하게 보였다.

"제, 제발 보내 주세요. 천만 원, 엄마한테 얘기해서 갚으라고 할게요. 제발요."

진수는 패티 리의 발목을 잡고 엉엉 울었다.

그러나 패티 리는 꿈쩍도 하지 않았다. 그의 손에서 발목을 빼면서 말했다.

"너 강간범이라면서? 중 1짜리 같은 반 학생을 번갈아가면서 성폭행했다면서."

"그, 그건."

진수는 말문이 막혔다.

그제야 머릿속에 어떤 그림이 그려졌다.

혜미는 아니다. 그녀의 어머니도 아니었다. 그년들은 아주 가난하다.

누군가가 자신에게 악감정을 가진 것이 분명했다.

그러나 누가 자신에게 악감정을 가졌는지는 알 수가 없다.

"우리는 상처를 받고 살아가는 사람들이야. 마음은 여자지만, 몸은 남자로 태어났지. 우리가 이렇게 태어나고 싶어서 태어난 것이 아니잖아. 그래서 네놈과 같은 강간범들을 보면 구역질이 나. 여자 알기를 개떡으로 아는 개자식. 네가 이곳에 오지 않았다면, 10년쯤 지나면 네가 저질렀던 일도 모두 잊어버렸겠지. 당한 그 아이는 평생 상처를 안고 살아가야 하고."

"아니에요, 죄송합니다. 정말입니다. 엄마한테 연락을 하게 해 주세요."

진수는 통곡을 하며 울었다. 엄마한테 이렇게 떼를 쓰면 무엇이든지 들어주었다.

이렇게 떼를 쓰면…….

패티 리는 진수의 귀를 잡고 고개를 들어 올렸다.

귀가 찢어지는 것처럼 아파서 그는 고개를 들 수밖에 없었다.

"아니야. 너는 평생 이곳에 있어야 할 거야. 딱 하나 이곳에서 나갈 수 있는 방법을 알려 주지. 1만 명의 손님을 받아. 그럼 보내 주지. 네 후장이 그때까지 버틸 수 있을지 모르지만."

진수는 그녀가 무슨 말을 하는지 알았다.

손발이 덜덜 떨려서 입도 제대로 열리지가 않았다.

"너는 네가 벌인 짓에 대해서 평생 곱씹어야 될 거야. 물론 누가 네놈을 이곳으로 보냈는지 죽을 때까지 모를 테고. 그러니까 모든 것을 포기하는 게 좋아. 아, 네 친구들에 비해서는 넌 운이 좋은 모양이더라. 후후, 네 친구들은 태국으로 팔려 갔어."

"파, 팔려 가다니요?"

"말 그대로야. 아마 눈을 뜨면 여자가 되어 있을 거야. 남성의 생식기는 모두 제거당하고 말이지. 죽을 때까지 그곳에서 외국인들을 상대로 몸을 팔 거라고. 호호호호."

그녀의 웃음소리가 끔찍했다. 제발 이 일이 꿈이기를 바란다.

미쳐 버릴 것만 같았다.

패티 리는 자리에서 일어났다.

진수는 움직이지 못했다. 희망이 사라졌다.

친구들을 생각하니 너무 무서워서 말도 제대로 나오지 않았다.

"우리 신입께서 바로 일을 하신단다. 손님 받아라."

멀어지는 패티 리의 목소리가 들렸다.

얼마 후 그가 있던 방문이 열리며 거대한 체구의 외국인이 안으로 들어왔다.

외국인은 진수를 보며 음탕한 눈빛을 보냈다. 혀로 자신의 입술을 핥았다.

그가 바지를 벗었다. 엄청난 크기의 그것이 불쑥 튀어나왔다.

"으, 으아아아아아아악!"

진수의 비명이 술집 안 곳곳으로 넓게 퍼져 나갔다.

*   *   *

"그래? 응, 알았어. 잘 처리했다. 수고했어."

도수는 전화를 끊었다.

입안에 낀 생선 가시처럼 계속 불편하던 일을 처리하니 마음이 한결 나아졌다.

이제 혜미를 욕보인 그놈들은 다시 세상으로 나오지 못할 것이다.

그들의 부모가 아무리 대단하다고 하더라도 절대 찾지 못한다.

혹여 찾는다고 하더라도 놈들은 이제 정상적인 삶을 살 수가 없었다.

도수를 태운 고급 세단은 조형은과 이영옥이 있는 펜션 앞에서 멈췄다.

조형은은 장대로 지붕에 붙은 고드름을 떼어 내고 있는 중이었다.

비수기라 그런지 펜션 앞에 여행을 온 차량은 없었다.

도수가 차에서 내리자 조형은의 얼굴이 밝아졌다. 환갑이 넘은 나이지만 애들 같은 면이 있었다. 조금은 귀엽다고 할까.

도수와 수태가 그에게 다가가 90도로 인사를 올렸다.

"허허, 그래, 어인 일인고."

"이번 일이 무사히 마무리돼서 인사드리러 왔습니다."

"후후, 애들 싸움에 괜히 끼어든 것은 아닌가 모르겠네."

조형은은 허리를 툭툭 치면서 엄살을 부렸다.

저렇게 보이지만 황소도 때려잡을 힘이 남아 있다는 것은 도수가 가장 잘 안다.

당장 현역에 복귀한다고 하더라도 통할 정도다. 과연 저 노인을 꺾을 수 있는 건달들이 서울에 몇 명이나 있을까 의

문이 들 정도였다.

"큰 도움이 됐습니다. 감사합니다."

"도움이 됐으면 다행이고. 일단 들어가세, 곧 봄이 올 텐데 아직도 꽤나 추워."

"알겠습니다."

조형은은 도수와 수태를 데리고 노부부가 묶고 있는 저택으로 들어갔다.

문을 열자 이영옥이 그들을 반겼다.

허름한 스웨터를 입고 있었지만 여느 노인과 같지 않은 광채가 난다.

확실히 보통 사람은 아니었다.

특히 저 눈.

뭐든 것을 꿰뚫어 보는 듯한 눈빛은 자신도 모르게 고개를 절로 숙이게 만들었다.

하긴, 이영옥의 땅을 밟지 않고서는 강남에서 살 수 없다고 할 정도니 보통 사람보다 훨씬 통찰력을 가지고 있을 것이다.

"들어와요."

"네, 그럼 실례하겠습니다."

도수와 수태가 안으로 들어갔다.

그들은 밖에 훤히 보이는 커다란 창문이 있는 곳에 자리를 잡았다.

조형은은 벽난로에 장작을 몇 개 집어 넣었다.

이영옥은 향긋한 향이 나는 민들레 차를 가지고 와서 도수와 수태의 앞에 놓았다.

그들을 감사히 먹겠습니다, 라고 말을 건넸다.

수태가 도수에게 가지고 온 상자를 꺼내서 주었다. 도수는 그것을 영옥에게 내밀었다.

"조촐하지만, 유명하다는 녹차를 하나 사왔습니다."

"녹차요?"

"네. 구하기 어려운 것은 아닙니다."

"고맙게 받을게요."

영옥은 싱긋 웃으며 도수가 내민 차 선물을 받았다. 정성을 담긴 선물이 백배는 더 나았다.

영옥과 조형은에게 돈은 큰 의미가 없었다.

그들은 자신들의 재산이 얼마인지도 모를 것이다. 하룻밤만 자고 일어나면 평범한 서민이 평생 벌어야 할 돈들이 불어난다.

그런 그들에게 돈을 선물로 주는 것은 정말로 멍청한 짓이다.

도수는 차를 조금씩 나눠서 마셨다. 이곳에 오면 마음이 편안해진다.

따뜻한 차와 그 향기도 좋았고, 창밖의 풍경을 바라볼 수 있는 여유도 좋았다.

노부부처럼 유정과 손을 잡고 한가롭게 산책을 거닐고 싶었다.

언젠가…… 그런 날이 오기를 희망해 본다.

"그런데 두 분께서 저희 회사의 후견인이 될 것이라고 얘기하셨다면서요."

"흠, 그랬지."

조형은이 고개를 끄덕였다.

"분에 넘치도록 도움을 주셨습니다. 굳이 그러지 않으셔도 되는데."

"음, 김종민이라는 놈에 대해서 좀 아나?"

조형은이 물었다.

"아뇨, 대치동 파의 회장이라는 것과 이번 국회의원 선거에 출마를 할 계획이라는 것만 압니다."

10년 전 소종태와 김종민은 도수에게 치명적인 마음에 상처를 안겼다.

하지만 그것만 가지고는 그들에 대해서 잘 안다고 할 수는 없었다.

출소 후 너무 정신없이 살다 보니 김종민에 대해서 거의 정보를 모으지 못했다.

"그 아이는 목적을 위해서라면 수단 방법을 가리지 않아. 이번에 너희와 항쟁을 벌인 아이가 염민혁이라고 했지? 염민혁이란 아이가 사람을 귀찮게 하는 모기라면, 김종민이란 아이는 맹독을 가진 거미야. 사람의 목숨쯤은 아무렇지도 않게 생각할 정도로 악랄하지."

"그렇군요."

"그 아이는 자신을 키워 준 부모와 같은 사람을 죽이고서 대치동 파를 가졌지. 사실 대치동 파의 본래 회장이었던 사내를 죽일 필요도 없었어. 몇 년 만 시간이 흐르면 자연스럽게 회장이 은퇴를 하고 그 아이가 회장을 물려받을 수 있었지. 하지만 그 아이는 그 몇 년을 기다리기 싫었던 거야. 그래서 회장에게 술을 먹이고 무참하게 칼로 찔러서 죽였지. 듣기론 40번을 넘게 찔렀다는군. 무척이나 잔인한 아이야. 그런 아이가 더 큰돈과 권력을 욕심내. 그래서 국회의원 선거에도 나가는 것이지. 강남구의 국회의원이라고 생각해 봐. 상상을 초월하는 권력을 손에 넣게 되는 거야. 과연 그 아이가 이 나라를 위해서 일을 할까? 어림도 없는 소리지. 돈과 권력을 위해서라면 나라도 팔아먹을 위인이지."

"김종민을 꽤나 싫어하시는 것 같은데요."

"맞아. 나는 그 아이가 너무 싫어. 그 아이가 처참하게 무너지는 꼴을 보고 싶지."

"왜 그렇게 싫어하시죠?"

"대치동 파의 전 회장이었던 아이가 우리 조카였거든."

조형은은 영옥을 바라봤다. 이야기를 해도 되냐고 묻는 표정이었다.

영옥은 고개를 끄덕였다.

조형은의 말이 이어졌다.

"우리가 20년 전 한창일 나이 때에 은퇴한 이유는 자식 때문이야. 일에 바빠서 하나밖에 없는 자식을 혼자 있게 놔

두는 일이 많았지. 겨우 여섯 살밖에 되지 않는 아이를 말이야. 그날도 우리는 바빴어, 정신이 없었지. 나는 선국의 조직들을 통합하기 위해서 정신없이 뛰어다녔고, 아내는 재산을 증식하기에 여념이 없었지. 그래서 우리는 하나밖에 없는 아이를 혼자 놔두게 된 거야. 그리고 우리 아이는 혼자서 밖에 나갔다가 교통사고로 죽었어. 땅을 치며 후회했지만 이미 엎어진 물이었지. 우리는 지옥을 경험했어. 하나밖에 없는 자식을 죽이고서 조상을 어찌 볼 낯이 있었겠나. 우리는 자식의 장을 치르고 바로 은퇴를 했지. 그때부터 이곳에 자리를 잡은 거야. 그러던 어느 날이었어, 친했던 형님과 형수님이 교통사고로 돌아가신 거야. 그분들에게는 이제 막 고등학생이 되는 아들이 하나 있었는데, 우리는 그 아이를 스무 살이 될 때까지 최선을 다해서 보필했어. 남자다운 성격이지만 참으로 착했어, 우리를 부모처럼 모셨지. 바로 그 아이가 대치동 파의 전 회장이야. 그 아이는 마흔 중반 쯤 되면 은퇴하기를 희망했어. 늦은 나이에 사랑하는 여자가 생겼거든. 태어날 아이에게 자신이 건달이라는 것을 보여 주기 싫었던 거지. 어느 정도 대치동 파가 자리를 잡으면 은퇴하여 아내와 살고 싶어 했어, 우리는 이곳으로 오라고 말했지. 옆에 둘이 살 저택을 마련해 주겠다고. 하지만 그 아이는 꿈을 이루지 못했어. 김종민이라는 아이에게 처절하게 살해를 당했거든."

도수와 수태는 아무런 말을 하지 않았다.

왜 그토록 김종민을 싫어하는지 처절했던 과거가 드러났기 때문이었다.

모든 것을 다 가진 노부부가 이런 외지에서 살아가는 이유도 알았다.

이 노부부는 쓸쓸했던 것이다.

둘 중에 한 명이라도 없었다면 정말로 살아갈 힘이 없었을 것이다.

"두 분의 능력이시라면 김종민을 어렵지 않게 제거할 수 있었을 텐데요."

가장 의아했던 일이다.

"김종민은 조카와 우리 사이의 관계를 모르지. 그래서 우리도 모른 체를 하고 있다네. 하지만 귀는 언제나 그 아이에 대해서 신경을 쓰고 있었지."

"설마 김종민이 클 때까지 기다리신 겁니까?"

"가장 많은 것을 가졌을 때 추락하는 고통은 겪은 사람만 알지. 이제 그 아이는 내려올 때가 됐어."

도수는 마른 침을 삼켰다.

이 노부부가 겪었을 고통과 복수를 하기 위한 인내는 자신보다 위면 위였지 밑이 아니었다.

"우리의 복수를 해 달라는 말은 아니네. 자네는 자네의 길을 가면 되는 것이지. 하지만 반드시, 라고 해도 될 만큼 자네의 앞길에는 그 아이가 있을 거야. 우리는 자네가 그 아이에게 무너지는 것은 보고 싶지 않아. 그래서 조금 도움을 주려고 하는 것이네."

"제가 아직 김종민의 상대가 되지 않는다는 말입니까?"

"그런 소리가 아니네. 자네의 모든 능력은 김종민보다 월등하다고 할 수 있지. 하지만 단 하나, 그 아이보다 못한 것이 있네."

"그게 무엇이죠?"

"권모술수. 그 아이는 이 바닥에 들어오면서부터 야비한 짓만 배웠어. 그쪽으로 탁월하다고 할 수가 있지. 거짓말을 일삼아도 사람들은 그 아이의 말을 믿고, 거짓말로 사람들의 마음을 자유자재로 조종도 하지. 자네는 권모술수를 부리는 타입이 아니야. 정면으로 위기를 타개하는 타입이지. 그렇기에 자네는 위험하네. 조금 더 빨리 내실을 다지고 힘을 키우게. 최소한 우리가 방패막이가 돼서 시간을 벌어 주겠네."

거절할 명분이 없었다.

그리고 너무도 큰 호의였다.

노부부가 후견인이 되지 않았다면 김종민은 현율 실업을 무너트리기 위해서 사력을 다했을 것이다. 아니면 업소의 관리권 반 이상을 가져가든지.

현율 실업에서 그것을 인정할 리가 없으니 반드시 항쟁을 일어난다.

현율 실업에서 항쟁에 참여할 수 있는 사원들은 많다. 하지만 지휘를 할 수 있는 간부급들은 거의 전멸을 했다고 해도 과언이 아니었다.

그들에게는 경험이 필요했다.

그렇지 않고 대치동 파와 맞서 싸운다면 무너지는 것은 시간문제였다.

도수 혼자서 100명이 넘는 대치동 파 조직원들을 모두 상대할 수는 없는 노릇이니까.

"감사합니다, 선배님들. 많은 지도편달 부탁드립니다."

도수가 자리에서 일어나 노부부에게 깊게 인사를 했다. 수태도 얼른 자리에서 일어나 도수와 같이 인사를 했다.

"허허허, 우리도 많이 부탁하네. 느즈막히 자네를 알 수 있게 되어서 천만다행이야."

"호호, 그러게요."

도수는 노부부가 하는 말을 이해하지 못했다.

하나, 그들이 자신에게 꽤나 많은 호의를 품고 있다는 것 정도는 알 수 있었다.

이들은 자신에게 해를 끼칠 사람들이 아니다.

만약 해를 끼친다면 어떤 방법을 써도 이들에게서 벗어날 수가 없을 것이다.

도수는 20분쯤 더 노부부와 대화를 하고서는 밖으로 나왔다.

노부부는 마당까지 쫓아 나와 배웅을 했다.

도수가 괜찮다고 했지만 노부부는 끝까지 차가 있는 곳까지 나왔다.

그들은 도수가 탄 차가 보이지 않을 때까지 손을 흔들었다.

마음이 따뜻한 노부부였다.

그만큼 외로워 보이기도 하고.

도수는 한 달에 한 번 정도는 이곳에 들러서 저 노부부들과 같이 식사를 해야겠다고 생각했다. 그리 어려운 일은 아니니라.

위이이이잉—

전화가 울렸다.

유정이었다.

"나야."

—오빠아아아! 뭐해요?

"서울 올라가는 길이야."

—지방이에요?

"가평."

—멀지 않네.

"응. 바쁠 시간일 텐데, 어쩐 일이야."

—잠깐 화장실 왔어요. 우리 오라버니 목소리 듣고 싶어서 냉큼 전화했죠.

"그럼 계속 볼일을 보도록."

—아이참, 센스 없게. 저녁 같이 할래요? 간만에 저 오늘 칼 퇴근인데.

"그러지. 내가 그리로 가지. 몇 시까지 가면 되나?"

―여섯 시에 바로 나갈게요.

"그래. 회사 앞에서 봐."

―네이, 오라버니. 그럼 조금 있다 봐요.

도수는 전화를 끊었다. 그는 운전대를 잡고 있던 수태에게 말했다.

"고려 일보로 가지."

"알겠습니다. 회장님."

수태는 고개를 끄덕였다.

엘리베이터 앞에 서 있던 유정의 얼굴이 구겨졌다.

저 인간을 보기 싫어서 회사를 때려 치든지 해야지, 라는 마음도 생겨났다.

정장을 깔끔하게 차려입은 유민호 대리가 그녀의 옆으로 다가왔다.

"이유정 씨."

"네, 유 대리님."

얼굴이 구기고 있던 유정이 억지로 미소를 지으며 유민호를 바라봤다.

"이번 기사 마무리되면 한잔하기로 하셨죠? 오늘 하시죠."

"네? 그건 다 같이 한잔하기로 한 거잖아요."

"다른 사람들은 바쁘다고 하네요. 뭐, 어쩔 수 없지만 둘이서 하죠."

"죄송한데요. 오늘은 약속이 있어서요."

"약속은 미루라고 있는 거잖아요."

참으로 집요한 남자였다.

유정은 엘리베이터 문을 열리자마자 걸음을 옮겼다.

유민호도 엘리베이터에 쫓아서 탄다. 하필이면 엘리베이터 안에는 아무도 없었다.

무척이나 거북하다.

당장 겉만 멀끔한 이 사내의 얼굴에 무례하게 굴지 말라며, 따귀를 때리고 싶었다.

"그러지 말고 한잔해요. 왜 그렇게 저를 피하세요? 제가 불편하게 한 게 있나요?"

"정말 약속이 있다니까요?"

자신도 모르고 언성이 조금씩 높아지는 유정이었다.

"저번에 인상 더럽던 그 남자친구요?"

"더럽긴 뭐가 더러워요. 듬직하기만 하구만."

"길 가는 사람들 100명에게 물어보세요. 그 남자 얼굴을 보면 오줌부터 쌀 걸요."

"제 남자 친구를 모욕하지 마세요."

"제가 왜 유정 씨 남자 친구를 모욕합니까. 그냥 있는 대로만 얘기하는 건데요. 그러지 말고 저랑 한잔하면서 얘기해요. 저 보기보다 훨씬 괜찮은 남자라고요."

"정말 끈질기네. 유 대리님, 이런 것도 성추행인 거 아시죠."

"성추행? 이게 무슨 성추행이에요. 마음에 드는 이성에게 호감을 표시하는 거죠."

"그 호감 표현이 과하면 성추행이라고요. 제가 불편함을 느끼잖아요."

"한잔하시면 그 불편함을 없애 주겠다니까요."

도저히 말이 통하지 않았다.

띵—

엘리베이터 문이 열렸다.

유정은 엘리베이터 밖으로 나왔다.

회사 밖에 도수가 있었으면 좋겠다는 생각을 한다.

그가 있다면 최소한 유민호가 더 이상 쫓아오지는 않을 테니까.

유민호도 엘리베이터에서 내렸다. 그는 유정의 뒤를 쫓으면서 치근덕거렸다.

유정은 회사 밖으로 나왔다.

그녀가 멈춰 섰다. 바로 옆에서 그녀를 쫓던 유민호도 멈췄다.

그녀의 얼굴이 밝아졌다.

그녀의 시선에 도수가 비쳐졌다.

그는 고급 정장을 입고 고급 외투를 입고서는 서 있었다.

보통 사람들보다 월등한 신장을 가지고 있어서 그런지 정장이 무척이나 잘 어울렸다.

또한 압도적인 분위기를 풍긴다.

누구도 쉽게 가질 수 없는 분위기.

그에게 접근을 하는 사람들도 없었다.

퇴근을 하는 사람들 대부분이 그에게서 멀찌감치 떨어져서 계단을 내려간다.

그곳에 도수 혼자만 서 있는 듯한 착각을 일으켰다.

유민호는 자신도 모르게 마른침을 삼켰다.

저번에 봤을 때와는 분위기가 완전히 달랐다.

학별도, 스펙도 없는 자가 저렇게 압도적인 분위기를 연출할 수는 없었다.

"오빠!"

유정이 도수에게 달려갔다.

그녀는 도수의 팔짱을 끼었다.

그의 팔짱을 끼는 순간 유민호에게 받았던 스트레스가 한꺼번에 씻겨 나가는 느낌이었다.

유정은 고개를 돌리고 유민호를 바라봤다.

"그럼 안녕히 가세요."

딱 한마디만 하고 그에게서 고개를 돌려 버렸다.

"가자."

도수가 유정을 데리고 회사 계단을 내려갔다. 앞에는 최고급 검은색 세단이 대기를 하고 있었다. 그들이 다가가자 수태가 허리를 굽혀서 인사를 한다.

그리고는 차 뒷문을 열어 주었다.

"수태 씨, 오랜만이에요."

"형수님도 오랜만입니다."

"호호, 형수님이라니. 너무 간지럽네요."

도수와 유정이 뒷좌석에 타자 수태가 뒷문을 닫아 주었다. 재빨리 운전석으로 가서 차를 출발시켰다.

그들이 사라지는 모습을 꽤나 많은 사람들이 지켜봤다.

"우와, 차 좋다. 방금 그 사람 이 기자 아니야?"

"맞네, 사회부의 이유정 기자. 이야, 남자 친구가 엄청난 부자인가 보네, 부럽다."

회사 사람들의 대화가 유민호의 속을 뒤집었다.

설마 키만 멀대 같이 컸던 놈이 저렇게 멋지게 나타날 줄은 상상도 못했다.

엄청나게 기분이 나빠졌고, 엄청나게 화가 치밀어 올랐다.

"그래, 저 씨발 새끼. 유정 씨한테 잘 보이려고 이벤트를 했단 말이지. 차는 렌트카일 테고, 운전 기사 노릇 하던 놈은 친구일 테고. 딱 보니 사기꾼이야. 이름이 마도수라고 했던가? 개새끼, 내 먹이를 가로채? 이름은 알고 있으니 네 놈의 가면은 하나부터 열까지 모두 벗겨 내 주지."

유민호는 주먹을 꽉 쥐었다.

7.
세 번째 친구

CITY
WILD BEAS

현율 실업은 작은 보안 회사를 인수했다.

한때는 2만 가구를 관리하던, 꽤나 잘나가는 보안 회사였지만, 대기업이 끼어들어 물량 공세를 펼치면서 급격하게 기울어 버린 불운의 기업이었다.

지금 그 회사는 모든 고객를 대기업에게 뺏기고, 겨우 8백 가구 정도를 관리하고 있었다.

한때 50명까지 불어났던 사원들도 모두 회사를 떠나고, 남아 있는 사람이라고는 8명이 전부였다.

도수는 그들이 만족할 만한 넉넉한 액수의 돈을 지불하고 회사를 인수했다.

사장은 매우 좋아하며 회사에서 손을 뗐다.

사장의 아내가 실장을 하고 있었고, 처남이 출동 팀장을 하고 있던 가족 회사나 다름없었다.

그들이 모두 회사를 떠나니 남은 다섯 명의 사원들은 졸지에 길거리에 나앉게 생겼다.

도수는 그들까지 거둬들였다. 그들의 노하우를 버릴 수는 없는 노릇이었다.

종소기업치고는 장비들은 괜찮았다.

워낙 쪼들리다 보니 노후된 장비들로 영업을 했지만, 새로운 물건들은 전체적으로 나쁘지 않았다.

도수는 약 서른 명 정도를 뽑아서 남은 사원들로 하여금 교육을 받게 했다.

먼저 10명 정도는 새로운 신입사원을 뽑을 예정이다.

그들로 하여금 영업을 하게 할 생각이었다.

인상 더럽고 문신이 가득한 사원들로 하여금 영업을 하게 할 생각은 없었다.

기술 관리팀도 10명 정도 함께 뽑을 것이다.

본래 있던 사원들이 새로운 사원들을 교육시키면 한 달 안에 충분히 회사가 돌아갈 듯싶었다.

영업 4부를 통째로 출동팀으로 옮겼다.

팀장은 경인철이 맡았고, 12명이서 주야로 16시간씩 일을 하게 된다.

16시간씩 이틀을 일하고 하루를 쉬게 하는 그런 시스템이었다.

출동팀이니 본래 조직원이었던 사원들의 성격에도 맞을

것이다.

현율 실업 산하의 최초 자회사인 셈이다.

회사의 이름은 H—시큐리티.

현율 실업의 앞 글자를 따서 지었다.

새로운 사원들을 뽑는 면접을 보고, 기술을 배우며 꽤나 바쁘게 지내는 도수였다.

어느덧 봄이 왔다.

매섭게 몰아치던 겨울은 가고 단단하게 얼어붙었던 대지가 녹으며 활짝 꽃을 피웠다.

도수는 회장실에 앉아서 서류를 넘기고 있었다. 그 동안 꾸준히 모았던 상준의 대한 정보였다.

이름 이상준.

나이 32세.

신장 181cm.

거구지 성북구 종암동.

가족사항 아내 신수진외 1남 1녀를 둠.

직업 햇살 브릿지 온 대표.

재산 3채의 아파트 보유. 시가 31억 상당. 현금 7억 보유. 2억 상당 펀드 가입.

정보를 읽어 본 도수는 서류를 책상에 올려놓았다.

이놈도 꽤나 많은 재산을 부풀렸다. 도영의 모든 것을 탈

탈 털어서 빨아먹은 돈으로 말이다.

햇살 브릿지 온이란 한마디로 말해서 사채였다.

10년 전에 사채로 짭짤한 맛을 보더니 아예 그 길로 나간 모양이었다.

그렇다면 놈을 공략할 방법은 넘치고 넘쳤다.

10억 정도 투자해서 30억을 모두 받아 낸다면 꽤나 남는 장사였다.

도수는 정장을 벗고 H—시큐리티 옷으로 갈아입었다.

고심해서 디자인을 해서인지 꽤나 멋이 풍기는 정복이었다. 모자를 쓰고, 워커를 신자 도수의 위풍당당한 모습이 그대로 창문에 비쳐졌다.

도수가 문을 열고 밖으로 나갔다. 채진아가 벌떡 일어나 도수에게 다가갔다.

"회장님, 어디 가십니까?"

예정에 없던 일이라 비서로서 반드시 체크를 해야만 했다.

"종암동에."

"무슨 일인지 여쭤 봐도 되겠습니까?"

"개인적인 일이야. 오늘 바쁜 스케줄이 있나?"

"네, 있습니다. 오늘 저녁 6시에 임원들 식사가 있습니다. 회장님께서 직접 지시를 하셨고요."

"아, 그랬군. 여섯 시까지 오도록 하지. 식당은 알아서 정하도록."

"네, 알겠습니다."

도수는 엘리베이터를 타고 1층으로 내려갔다.

엘리베이터를 타는 도수의 뒷모습을 진아는 한참이나 바라보고 있었다.

"하아, 키가 커서 그런가, 뭘 입어도 멋지네."

그녀는 흐뭇한 표정을 지었다.

처음에 도수를 봤을 때는 너무도 무서워서 어딘가로 숨어버리고 싶은 심정이었다.

하지만 그가 상의를 탈의하고 운동을 하는 모습을 본 후 그런 생각이 싹 사라졌다.

그냥 보고만 있으면 뿌듯했다. 짝사랑이나 그런 것은 아니었다.

명작을 보면 저절로 깊은 감상에 빠지는 심리와도 비슷했다.

"아차차, 회장님 생각만 하고 있을 때가 아니지. 식당을 예약해야지."

도수는 고급이라는 글자가 들어간 것을 그다지 좋아하지 않았다.

회장의 위신과 회사의 위상을 생각해서 고급 차를 타기는 하지만, 평상시에는 꽤나 소탈했다.

음식점도 마찬가지였다.

굳이 큰돈을 쓰면서 고급 음식점에서 회식을 하는 것도 싫어했다.

대부분이 삼겹살 구이집이나 중국 음식점이었다. 그렇기에 진아가 음식점을 예약하기는 편했다.

그녀는 만리장성이라는 중국 음식점에 전화를 걸었다.

그곳에서 꽤나 많이 음식을 시켜서 먹다 보니 조금씩 깎아 주기도 한다.

진아는 오늘 회식 장소도 만리장성으로 정했다.

그녀는 자장면과 탕수육이 좋다. 살만 찌지 않는다면 매일이라도 먹을 수 있을 것 같았다.

하지만 오늘 저녁 임원들의 불평 불만이 터져 나올 것이다.

이기동 과장은 이러다가 중국 사람이 될지도 몰라, 라면서 머리를 쥐어뜯을지도 몰랐다.

알게 뭐냐.

내가 알아서 회식 장소를 예약하라고 회장님께서 직접 말을 하셨는데.

진아는 사악하게 웃으면서 전화기를 들었다.

번호를 누른다.

두 번 음이 울리기 전에 상대방이 받았다.

"거기 만리장성이죠."

도수는 종암동으로 차를 몰았다.

이제는 제법 능숙하게 운전을 할 줄 안다. 아직 경험이 부족해서 끼어들기에서 종종 애로사항이 있지만 이 정도면 무난하다고 할 수 있을 정도였다.

상준이 대표로 있는 햇살 브릿지 온에 도착했다.

햇살 브릿지 온은 3층짜리 낡은 건물에 위치했다.

주차할 곳도 마땅치 않았다. 몇 번이나 건물 주변을 돈 후 차를 주차시킬 수가 있었다.

도수는 H—시큐리티라고 로고가 적힌 가방을 들고 차 밖으로 나왔다.

아침저녁으로는 아직 춥지만 오후가 되면 햇살을 따뜻했다.

저절로 잠이 오게 만드는 햇살이었다.

햇살을 받으며 햇살 브릿지 온이라고 간판이 적힌 건물을 올라갔다.

건물 계단은 굉장히 낡고 비좁았다. 두 명이 마주 보고 지나치면 어깨가 닿을 정도였다.

이런 건물이기에 상준에게 쉽게 접근을 할 수 있는 것이다.

건물 3층에는 네 개의 사무실이 있었다.

짙은 청색 바탕 위에 상호를 적어 놓고, 문 위쪽에 달아 놓았다. 한 곳은 전당포였다.

어쩐지 허름한 건물과 잘 어울릴 듯하다.

햇살 브릿지 온은 복도 끝에 있었다.

도수는 문 앞으로 다가가 노크를 했다. 안에서 들어오세요, 라는 사내의 목소리가 들렸다.

도수는 문을 열고 들어섰다.

평범한 사무실이었다. 사무실 책상 네 개가 일렬로 붙어 있고, 그중 한 책상에 앉은 여직원은 누군가에게 전화를 하고 있었다.

여직원의 머리 위에는 당신의 힘든 일상을 지켜 드리겠습니다, 라는 문구가 적힌 액자가 붙어 있었다.

나름 제 2금융권의 형식을 쫓아서 하고 있었다.

건물 자체는 낡고 볼품이 없었지만, 이곳은 꽤나 깨끗했다.

"어서 오세요."

깔끔한 정장을 입은 사내가 다가와 도수에게 인사를 했다.

"무엇을 도와드릴까요."

"저는 H—시큐리티에서 나왔습니다. 전화 드린 이순현이라고 합니다."

도수는 속주머니에서 명함을 꺼내 사내에게 주었다.

어차피 자신의 이름을 쓸 필요는 없었다.

브릿지 온에서 전화를 건다면 기현이 대신 받을 것이고, 상대에 맞게 대답을 할 테니 말이다.

"아, H—시큐리티. 전화 받았습니다. 일단 이리로 앉으시죠."

도수는 상담 자리에 앉았다.

사내는 사무실 안쪽으로 들어갔다.

실장실이라고 명패가 붙은 곳으로 가는 것으로 보니 상준을 부를 모양이었다.

상준의 얼굴을 직접 본다고 생각하니 속에서 거대한 용암이 치솟아 오를 것만 같았다.

실장실에서 누군가 나왔다.

10년이 넘는 세월이지만 대번에 그가 누구인지 알아볼 수가 있었다.

머리는 여느 직장인처럼 단정했고, 옷도 깔끔했다. 치아는 희고 혈색도 좋았다.

상준.

그는 사람 좋은 웃음을 띠며 도수에게 다가왔다. 도수가 자리에서 일어나자 상준이 악수를 청했다.

"안녕하세요. 저는 이상준 실장이라고 합니다."

"안녕하십니까. 저는 H—시큐리티의 관리팀 직원인 이순현이라고 합니다."

서로가 소개를 한 후 자리에 앉았다.

상준은 자신의 명함을 도수에게 건넸고, 도수도 이순현이라는 이름이 찍힌 명함을 상준에게 주었다.

곧 이어 처음 도수를 맞이했던 사내가 녹차 두 잔을 가지고 와서 그들 앞에 놓았다.

"그래, 무슨 일이신지."

상준이 물었다.

"아까 전화로 말씀드린 대로입니다. 사장님께서 허락을

하신다면 1년간 무상으로 서비스를 해 드리겠다는 겁니다. 저희의 서비스가 마음에 드신다면 1년 후, 계약을 해 주시면 됩니다."

"마음에 들지 않으면요?"

"소정의 설치비만 내시면 됩니다."

"설치비가 얼마죠?"

"8만 원입니다."

"8만 원이라……."

상준은 잠시 고민을 하는 표정을 지었다.

그의 표정을 보며 도수는 입술을 비틀었다. 고민을 할 필요도 없는 문제였다.

이 정도 평수의 사무실이라면 대략 20만 원 정도.

CCTV까지 설치한다면 30만 원 정도를 내야 한다. 돈의 집착하는 놈의 성정으로 보아 그 돈을 내기란 무척이나 아까울 것이다.

그런데 알아서 1년 무상으로 이용하게 해 준다고 하니 바보가 아닌 이상 이 조건을 받아들일 것이다.

나중에 마음에 들지 않는다면서 8만 원만 내 주면 되는 일이 아니던가.

"좋습니다. CCTV설치도 해 주나요?"

"그렇습니다. 설치를 하게 되면 원격으로 보안기기를 작동시킬 수도 있고, 스마트 폰으로 사무실 상황을 확인할 수도 있습니다."

"괜찮군요."

"네, 새로 설립한 회사라 모든 기기가 최신형입니다. 만족하실 겁니다."

"모든 고객에게 1년으로 무상 임대를 해 주는 겁니까?"

"그건 아닙니다. 어느 정도 인증이 된 회사 다섯 곳과, 중상층 이상 가정 집 다섯 곳을 선별해서 무상 임대를 해 주는 겁니다."

"홍보군요."

"맞습니다."

도수는 순순히 시인했다.

너무 큰 호의는 상대방의 경계심을 일으키는 꼴이 되고 만다.

이것을 이용해서 우리도 어느 정도 해 먹겠다는 소스를 줘야만 상대도 경계심을 풀 것이다.

"좋습니다, 계약하죠."

"잘 생각하셨습니다."

도수는 상준을 보며 빙그레 웃었다.

처음에 그가 자신을 알아볼까 조금은 걱정을 했지만, 전혀 그런 낌새가 없었다.

그의 머릿속에서는 이미 도수라는 사람은 지워진 지 오래인 듯했다.

"설치는 언제쯤 할까요?"

"토요일도 됩니까?"

상준이 되물었다.

"물론입니다. 고객이 원하시면 365일 언제든지 달려갑니다."

"그것 참 마음에 드네요."

상준은 도수가 내민 계약서를 꼼꼼하게 읽어 봤다. 약정도 모두 살폈다.

뭔가가 잘못된 것은 없었다.

현율 실업과 계약을 한 로펌에서 꼼꼼하게 계약서까지 다 만들어 준 것이니 빈틈이 있을 리가 없었다.

상준은 도장을 가지고 와서 계약서에 찍었다.

도수는 한 부의 계약서를 그에게 주고, 나머지는 가방에 넣었다.

"그럼 이번 주 토요일에 뵙겠습니다."

"아, 저는 그날 회사에 나오지 않습니다. 대신 김 과장이 있을 겁니다."

상준은 처음 봤던 사내를 가리켰다. 그 사내가 다시 한 번 도수에게 고개를 꾸벅거렸다.

"알겠습니다. 그럼 좋은 하루 되십시오."

"네, 살펴 가십시오."

도수는 정중하게 인사를 한 후 사무실 밖을 나왔다. 상준은 꽤나 노련한 장사꾼이 되어 있었다.

사무실 안에 들어서기 전까지 사람들은 꽤나 긴장을 할 것이다.

낡은 건물, 으스스한 복도, 인기척이 느껴지지 않는 화장실, 수북한 먼지를 보게 되면 누구라도 긴장하지 않을 수가 없었다.

이곳을 찾아온 사람들은 1, 2금융권에서 돈을 융통하지 못한 사람들이다.

각자의 사연이 있겠지만, 햇살 브릿지 온을 찾는다면 막장까지 온 셈이다.

얼마나 절박한 심정으로 이곳에 올지 어느 정도 예상을 할 수가 있었다.

그리고 문을 열었을 때 예상치 못한 환대와 깔끔한 사무실의 분위기는 그들에게 안심을 가져다줄 것이다.

사람이란 자신이 보고 싶은 것만 보고, 자신에게 맞춰서 생각하는 경향이 있다.

그들도 마찬가지였다.

아, 이 정도면 믿을 만하겠구나, 라고 억지로 자신을 세뇌한다.

그것이 지옥으로 가는 지름길인지도 모르고.

어쨌든 주사위는 던져졌다.

싫든 좋든 둘 중에 하나는 파멸을 해야 한다.

건물 밖으로 나온 도수는 불이 켜지고 있는 햇살 브릿지 온 간판을 보았다.

저 불빛이 꺼질 때까지 그와 자신은 벼랑을 향해서 달리는 고속 열차 위에 올라탄 셈이었다.

6시가 되자 비서실 진아에게서 전화가 오기 시작했다.

요즘은 유정보다 훨씬 진아의 목소리를 많이 듣는 것 같았다.

—회장님, 회사 앞에 만리장성 있잖아요. 회식 자리로 그곳을 잡아 놨습니다.

"알았어. 그쪽으로 가지."

—네, 그럼 조금 있다 뵙겠습니다.

도수는 차를 회사 앞에 세웠다.

도수를 알아본 1층 상가 주인집 사장들이 밖으로 나와서 인사를 했다.

도수는 그들에게 장사 잘되시죠? 많이 파세요, 라고 친절하게 말했다.

저번 건물주보다 훨씬 인간적인 사람이여, 저번 건물주는 완전 깡패였잖여, 어쨌든 우리로서는 잘된 일이지, 라는 사장들의 말소리가 등 뒤에서 들렸다.

도수는 피식 웃고는 말았다.

그는 횡단 보도를 건너서 만리장성이라는 중국 식당으로 향했다.

본래 만리장성은 배달이 전문인 중국 식당이었다.

홀에도 테이블이 네 개 정도밖에 없을 정도로 작았다.

하지만 현율 실업의 직원들이 꽤 자주 그곳을 찾자 중국 음식점 사장이 홀의 크기를 늘렸다.

창고로 쓰던 곳을 깨끗하게 치우고 룸으로 만들었다. 미 닫이문도 새로 달고, 바닥은 온돌로 바꿨다.

덕분에 그 룸은 현율 실업 임원들의 회식 자리로 자주 이용되고는 했다.

도수가 만리장성 중국 식당의 문을 열고 들어갔다. 주방장의 아내로 보이는 중년 여성이 도수를 보고는 허리를 깊게 숙여 인사를 했다.

그녀도 도수가 안쪽에 가득 모여 있는 사람들의 수장이라는 것을 알고 있었다.

고개를 끄덕인 도수가 구두를 벗고 방문을 열었다. 앉아 있던 모든 사람들이 자리에서 일어났다.

도수가 앉아 있어, 라고 말을 했지만 조직의 수장이 나타났는데 앉아서 맞이할 사람은 누구도 없었다.

도수는 탁자 끝자리에 앉았다.

항상 그는 그 자리. 누구나 그것을 알았고 자연스럽게 그 자리를 비워 뒀다.

탁자 우측으로는 기현이 앉았다. 기현을 필두로 기동, 실현 등이 차례대로 앉았다.

어쩐지 서열이 느껴지는 차례였다.

도수의 좌측에는 진아가 앉았다.

그의 모든 스케줄을 빈틈없이 관리하기에 모든 임원들은 은근히 진아의 눈치를 봤다.

비서로서 굉장한 능력을 발휘하는 여자였다.

그녀가 현율 실업을 위해 일을 하면서부터 도수의 업무 능력도 대폭적으로 향상이 됐을 정도였으니까.

기현도 입이 떡 벌어질 정도였다.

좌측에는 새로 영입한 회사의 중역들이 대부분이었다. 굳이 패를 가를 이유가 없었지만, 자연스럽게 이런 형태가 되었다.

도수가 자리에 앉아 음식들이 바로 들어왔다.

자장면과 짬뽕이었다.

임원들이 한숨을 쉬는 모습이 보였다.

또 자장면이야, 라는 표정이 얼굴이 드러났다.

"와, 맛있겠다. 회장님, 맛있게 드세요."

진아는 혀를 날름거렸다. 그녀는 눈웃음을 치면서 도수에게 말했다.

"모두 맛있게 드시오."

도수도 젓가락을 들었다.

앞에 있던 임원들도 같이 젓가락을 들고 식사를 시작했다.

언제나 시작은 이렇듯 어색하다. 하지만 독한 고량주가 몇 잔 돌고 나면 언제 그랬냐는 듯이 자신의 의견들을 내놓기 시작한다.

그때까지는 꽤나 유용한 정보들이 많았다.

여기서 조금 더 나가면 다음 날에 무슨 말을 했는지 기억도 못할 쓰레기 정보들뿐이지만.

"유령들을 좀 만들어야겠어."

도수가 기현에게 말했다.

"유령이라 하시면?"

"말 그대로야. 서류상으로는 존재하지만 실제로는 존재하지 않는 사람들."

"얼마든지 가능합니다. 몇 명이나 필요하십니까."

기현은 빙그레 웃으며 말했다.

왜 그들이 필요한지 기현은 알고 있었다.

도수가 얼마 전부터 한 사채업자의 정보를 모으는 것도 알고 있었다. 그 사채업자의 이름은 상준.

도수가 아직 출소하기 전, 그의 부탁을 받고 틈틈이 알아봤던 사내 중에 한 명이었다.

그에 대한 도수의 복수가 드디어 시작된다.

누가 살아남을지 알 수는 없었다. 미래는 안다는 것은 오직 신만이 가능한 일이니까.

하지만 도수의 손아귀에서 벗어난 자는 볼 수가 없었다.

장담하지만 상준이라는 자는 지옥을 맛보게 될 것이다.

그가 도수에게 행했던 것보다 열 배, 천 배의 고통을 맛볼 때까지 복수는 멈추지 않을 테니까.

"한 100명 정도로 하지."

"100명이나요?"

"음, 무린가?"

"아니요. 가능합니다. 기한을 얼마로 잡으셨습니까?"

"지금으로부터 한 달 뒤에 시작하면 되겠군."

"시간 여유도 충분하군요. 알았습니다, 지시하신 대로 준비를 해 놓겠습니다."

도수와 기현의 대화를 듣고 있는 진아는 의문을 감추지 못했다.

가만히 생각해 보면 도수는 기이한 행동을 많이 한다.

자신이 회장이라는 자각이 없다고나 할까.

하지만 그를 보좌하는 임원들의 모습은 헌신적이었다. 도가 지나칠 정도로 도수를 중심으로 모든 회사가 돌아가고 있었다.

알 수 없는 위화감이 종종 든다.

자신이 모르는 뭔가가 감춰져 있다는 생각이 끊이지를 않았다.

"진아 씨."

도수가 진아를 불렀다.

"아, 네, 회장님."

"당신한테는 항상 감사하고 있습니다. 계속해서 힘 써 주시길 바랍니다."

도수가 진아에게 건배를 제안했다. 진아는 두 손으로 잔을 들었다.

도수는 진아에게 말을 놓지 않았다. 절대로 흐트러진 모습도 보이지를 않는다.

뭔가 결여되어 있는 사람으로도 보인다. 인간다운 감정이

랄까.

그러면서도 그를 보고 있자면 슬픈 감정이 떠오르는 것은 왜일까.

뭔가를 위해서 악착같이 나아가고 있는 것 같았다.

그것이 궁금했다.

잔을 부딪친 진아는 고개를 돌려 술을 마셨다.

그녀의 눈동자가 술을 마시고 있는 도수의 얼굴이 부딪쳤다. 엄청나게 살벌한 얼굴이라 생각했는데, 자주 부딪치다 보니 그런 생각은 사라졌다.

강력한 카리스마가 있는 매력적인 남자로도 보였다.

내가 미쳤나 봐.

얼굴이 화끈거린 진아는 고개를 흔들고는 잔을 내려놓았다.

＊　　＊　　＊

H—시큐리티 관리팀은 토요일 오전 일찍부터 햇살 브릿지 온으로 출근했다.

햇살 브릿지 온 사무실을 열자 한 사내가 온풍기를 틀고 하품을 하며 의자에 앉아 있었다.

김 과장이라는 사람이었다.

그는 도수를 보자 반갑게 인사를 했다.

"아, 일찍 오셨네요. 9시는 넘어야 오실 듯했는데."

"하하, 일찍 와야 저희도 일찍 퇴근을 하니까요."

도수는 웃으면서 말했다.

"그러게요. 토요일에도 늦게까지 일을 하고 싶어 하는 사람은 없으니까요. 저는 무엇을 도와드리면 됩니까."

"앉아서 쉬시면 됩니다. 간혹 가다 저희가 그곳에 장비를 설치해도 되는지 물어볼 겁니다. 그것만 대답해 주시면 되고요."

"아, 그렇게 하죠. 저는 그럼 앉아 있겠습니다."

"네, 그러세요. 조금 시끄러울 수도 있습니다."

"알겠습니다."

설치 시간은 대략 3시간 정도가 걸렸다.

진동 감지기, 금고 감지기, 영상 감지기, 유리 감지기, 열선, 자석 감지기, 긴급 출동 버튼, CCTV등을 모든 사무실에 빠짐없이 달았다.

김 과장은 인터넷을 보며 시간을 보냈다.

그가 할 것은 없었다.

궁금한 것도 없었다.

그저 중간 설치 과정에서 도수가 설명을 하면, 아 예, 그렇군요, 라는 형식적인 답변만 내놓았다.

어차피 1년 무상으로 쓰는 것이니 이렇게 꼼꼼하게 설치할 필요가 있나 생각을 할 정도였다.

설치를 마치자 도수는 휴대폰 하나는 그에게 내밀었다.

"이게 뭔가요?"

김 과장이 물었다.

"이곳 보안 시스템을 원격으로 조종할 수 있는 기기입니다. 자, 설명을 해 드리겠습니다. 여기 매뉴얼도 있으니까 잊어버리시면 이것을 보시면 됩니다."

도수는 김 과장에게 코팅이 된 얇은 책자를 건넸다. 그리고는 원격 보안 시스템에 대해서 설명을 했다.

"그다지 어렵지는 않군요."

"네, 쉽습니다."

도수는 영업용 미소를 지으며 그에게 말했다.

김 과장은 도수가 준 핸드폰으로 사무실을 살폈다.

CCTV가 원격으로 조종이 될 정도였다. 사무실 전체를 구석구석 살필 수가 있었다.

"좋네요. 그런데 H—시큐리티에서도 이 화면을 보실 수가 있습니까?"

"그렇습니다. 하지만 고객께서 원하시면 고객께서만 확인을 할 수가 있습니다."

"그럼, 그렇게 해 주세요. 저희 업무적인 일은 다른 사람들에게 노출을 하고 싶지 않군요."

"알았습니다. 그렇게 해 드리죠."

도수는 대답을 하고는 다른 직원들에게 오직 김 과장에게 건네 준 핸드폰으로만 CCTV를 확인할 수 있게 하라고 말했다.

모든 장비를 설치하고 뒤처리를 한 관리팀이 김 과장에게 인사를 하고 밖으로 나갔다.

"언제든지 연락을 주십시오. 아, 그리고 저번에 말했다시피 한 달 정도 써 주시고 인터뷰만 해 주시면 됩니다."

"뭐라고 하면 되죠?"

김 과장이 물었다.

"무척이나 신뢰가 가는 보안 회사라고요. 저희도 회사 홍보를 하고, 이곳도 홍보를 할 수 있으니 양쪽 회사 모두 어느 정도 이익이 되리라 생각합니다."

도수의 말에 김 과장이 고개를 끄덕였다.

"알았습니다. 그렇게 하도록 하겠습니다."

서로의 이해관계가 맞아 떨어졌다. 도수는 김 과장과 악수를 하고는 사무실 밖으로 나왔다.

좁고 먼지가 쌓인 계단을 내려와 H—시큐리티라고 써져 있는 승합차에 탑승했다. 두 대의 차량 중에 한 대는 이미 본사로 출발을 했다.

도수를 보호하는 수태와 경호팀의 인성이 승합차에 탑승해 있을 뿐이었다.

"잘되셨습니까, 회장님."

수태가 물었다.

"그래, 잘됐겠지. 나름 실력 좋은 관리팀이 아니냐."

도수는 김 과장에게 주었던 핸드폰과 똑같이 생긴 핸드폰을 주머니에서 꺼냈다.

화면을 키고 H라고 로고를 누르자 햇빛 브릿지 온의 사무실이 모두 드러났다.

햇빛 브릿지 온 사무실에 달아 놓은 CCTV는 모두 4개. 그리고 감춰 놓은 CCTV가 모두 7개였다.

이제 사무실에 있는 한 상준이 무엇을 하든 그의 손아귀에 핸드폰에서 벗어날 수는 없을 것이다.

*   *   *

도수는 지하 구내식당에서 식사를 했다.

다른 간부들도 마찬가지였다. 당연히 다른 사원들도 구내식당을 이용한다.

예전처럼 화려한 겉모습을 추구하지도 않았다.

회장인 도수가 구내식당을 이용하는데, 간부들이 비싼 음식점을 이용할 수는 없었다.

처음에 사원들은 그런 도수가 불편했다. 회장과 한 자리에 앉아서 음식을 먹는 것 자체가 곤욕이었다. 코로 먹는지, 입으로 먹는지도 구별이 가지 않을 정도였다.

맛도 몰랐다.

하지만 차츰 익숙해지자 사원들은 편안하게 식사를 하게 되었다.

신입사원이나 다른 보안 회사를 규합해서 영입한 사원들은 모르지만, 기존의 사원들은 도수가 어떤 인물인지 정확하게 알고 있었다.

맨손으로 압구정 파의 본가를 쳐들어가서 소종태를 일거에 때려잡은 전설적 인물. 수십 명의 압구정 파와 겨뤄서 모조리 쓰러트린 무적의 사내가 도수였다.

그들에게 도수는 열망의 본보기였다.

그런 도수와 같이 식사를 하는 것 자체가 크나큰 영광이 아닐 수 없었다.

하지만 그와 함께 있으면 밥을 제대로 먹을 수 없을 만큼 긴장을 한다.

그것이 나아지는 데는 몇 개월이란 시간이 필요했다.

"회장님, 식사 많이 하세요."

총무과의 여직원들이 방긋 웃으며 도수에게 인사를 하고는 건너편 식탁에 앉아서 식사를 했다. 모두 몸매와 얼굴이 빼어나다.

도수는 기현에게 실력 위주로 뽑지, 외모 위주로 뽑았다고 핀잔을 줬다.

하지만 기현은 고개를 가로저었다.

"회장님, 저도 처음에 그럴려고 했지만, 생각을 바꿨습니다. 일부러 저런 미모의 여직원들을 뽑은 겁니다."

"왜?"

"우리 애들 보십시오."

기현은 사원들을 가리켰다. 아직 완전히 조직원들의 형태를 벗어나지 못했다.

하지만 뭔가가 달라졌다는 것쯤을 느낄 수가 있었다.

"분위기가 엄청 달라졌죠? 입만 열면 욕이던 애들이 회사에서 만큼은 욕을 하지 않습니다. 그리도 담배도 확 줄었고요. 담배 냄새에 찌든 옷을 입고 출근하는 애들도 없습니다."

"그렇군. 정말 깔끔해졌군."

도수도 인정했다.

회사를 열었을 때만 하더라도 범죄자들의 소굴 같았던 사무실이 지금은 훨씬 부드러워졌다.

폭력 전과 9범의 사원은 아침마다 꽃향기가 물씬 풍기는 화분을 자신의 책상에 가져다 놓기도 했다.

바람직한 변화였다.

100퍼센트 여직원들 덕분이라고는 말을 할 수 없지만, 그녀들이 꽤나 좋은 쪽으로 영향을 미친 것은 부정할 수가 없었다.

지금만 봐도 그렇다.

거구의 총각 사원들이 모두 여직원들을 힐끔힐끔 쳐다본다.

예전 업소 생활을 하던 때였다면 술 한 번 먹이고 어떡하든 자빠트리려고 했을 것이다. 여자에 대한 인식이 많이 바뀐 것도 나쁘지 않았다.

오늘의 반찬은 제육볶음과 콩나물 무침, 김치, 파래 무침, 미역국이었다.

손맛이 꽤나 좋았다.

어머니가 해 주던 음식과는 조금 다른 맛이랄까.

어머니는 경기도 분이라 그런지 음식이 담백한 맛이 있었으나 음식을 해 주시는 분은 감칠맛이 났다.

알고 보니 전라도 분이라고 한다.

"회장님, 뭐 보고 계십니까."

기현이 도수의 옆자리에 앉으며 말했다.

아무리 회장과 편한 관계를 유지하는 사원들이라고는 하지만, 그의 옆자리에 앉을 수 있는 간이 큰 사람은 몇 명이 없었다.

기현과 기동, 비서과의 채진아 정도만 옆에 앉을 수가 있었다.

"음, 이거."

도수는 핸드폰의 화면을 기현에게 보여 주었다.

상준의 햇살 브릿지 온 사무실의 내부 풍경이었다.

1, 2금융보다는 사람이 적었지만, 그렇다고 휑 하거나 그렇지도 않았다. 계속해서 손님들이 찾아온다.

그만큼 대한민국 사회를 살아가는 사람들의 절박함을 보는 듯도 했다.

"보통 은행권을 보는 것 같군요."

"그래. 겉으로는 법정 이자를 준수한다고 하지. 하지만 안으로 더 들어가면 그렇지가 않아. 첫 달, 한 달만 법정이자고, 그 다음부터는 100퍼센트가 넘어가기 시작해. 일 년으로 치면 자그마치 1200퍼센트에 해당하는 엄청난 이자야."

"전형적인 사채꾼들이군요."

"맞아."

"어쩌실 생각입니까?"

"놈들이 의심을 품지 않게 해야지."

"가능하겠습니까?"

"가능하게 해야지. 놈이 내 동생한테 한 짓을 똑같이 되돌려 주려면."

도수는 기현을 보며 싱긋 웃었다.

그의 웃음이 너무도 서늘해서 기현은 자신도 모르게 온몸에 털이 곤두서는 것을 느꼈다.

8.
무차별 공습

CITY OF
WILD BEAST

퇴근을 하고 일산 집으로 돌아온 도수는 샤워를 했다.

출출한 감이 들어서 시간을 보니 오후 열 시가 넘고 있었다. 그냥 잘까 하다가 간단하게 저녁을 먹기로 한다.

그는 사발면에 뜨거운 물을 넣고 식탁에 앉았다.

식탁에 앉은 도수는 햇살 브릿지 온 내부를 볼 수 있는 핸드폰을 가지고 왔다.

핸드폰을 켜고 햇살 브릿지 온 사무실을 보았다.

모두가 퇴근한 시간이지만 아직 불이 켜져 있었다.

상의를 벗고 와이셔츠만 입은 사내들이 팔을 걷어 올리고 서 있었다.

그중에 중간에 서 있는 인물은 상준이다.

정장을 입은 중년의 사내가 사무실 안으로 들어왔다.

몹시 미안해하는 듯 상준을 보자마자 허리를 굽혔다. 상준이 뭐라고 중년사내를 다그친다.

뭐라고 말을 하는지 확인을 하고 싶었지만 핸드폰으로 음성을 들을 수는 없었다.

이 모든 상황을 녹화 중인 회사로 가 봐야 음성을 확인할 수가 있을 것이다.

갑자기 상준이 중년사내의 뺨을 때렸다.

사내가 얼굴을 잡고 쓰러졌다. 상준은 그의 머리채를 잡고서는 다른 사무실로 들어갔다.

사무실이라기보다는 창고였다. 다섯 명이 겨우 들어갈 수 있을 정도로 비좁았다.

상준과 사내들은 창고에 놓여 있던 쇠파이프와 야구방망이를 이용해서 중년사내들 사정없이 내려쳤다.

저렇게 맞다가 죽지 않을까, 라는 생각이 들 정도로 인정사정이 없었다.

중년사내는 몸을 웅크리고 있었다. 머리통이 깨졌는지 피가 바닥에 줄줄 흘러내렸다.

도수는 잔인한 광경을 핸드폰으로 확인하면서 사발면을 먹었다.

후루룩. 후루룩.

그 장면을 보자 입맛이 싹 사라졌지만 먹어야 했다.

뭐든지 든든해야, 놈들과 맞설 수가 있을 테니까.

시간이 지나자 중년 사내는 상준의 다리를 붙잡고 애원을 했다.

뭐라고 말을 하는지 모르겠으나 추측은 할 수가 있었다.

아마도 제발 살려 달라고 말을 하겠지.

상준은 옆에 서 있던 사내에게 뭔가를 말했다. 명령을 받은 사내가 사무실 문밖으로 나가 서류를 가지고 왔다. 그 서류를 중년사내에게 던진다.

중년사내는 서류를 읽더니 고개를 마구 저었다.

이건 말도 안 돼, 라고 외치는 듯했다.

그러자 사내들이 다시 쇠파이프를 들어서 그를 마구 내려쳤다.

이제 그가 할 것은 하나밖에 없었다.

중년사내는 피를 뚝뚝 흘리면서 서류에 도장을 찍었다.

상준은 서류를 들고는 만족한 웃음을 지었다. 그는 누군가에게 전화를 걸었다. 5분도 되지 않아서 사무실로 세 명의 사내가 들어왔다.

사채업자들과는 분위기가 무척이나 달랐다.

영상으로만 보는 데도 오싹한 기분이 들 정도였다.

"이 자식들은 누구지?"

의문이 들었다.

CCTV에 비친 그들의 눈동자는 마치 야생 늑대와도 비슷했다.

저들을 알아야 한다.

사내들은 피눈물을 흘리며 서류에 서명을 했던 중년사내

에게 다가갔다.

중년사내도 아직 불길한 느낌을 느꼈는지 자리에서 벌떡 일어나 도망을 치려고 했다.

하지만 모두 부질없는 짓이었다.

사내들은 그의 코에 헝겊을 대고 기절을 시켰다.

그들은 중년사내를 커다란 가방에 담았다. 그리고는 속주머니에서 흰 봉투를 꺼내 상준에게 주었다. 상준은 빙긋 웃으며 그들에게 무엇인가를 말했다.

고개를 끄덕인 사내들이 중년사내를 담은 가방을 들고 사무실을 나갔다.

도수는 잠시 생각에 잠겼다.

중년사내를 데리고 나간 그들은 누구일까. 도대체 상준은 어떤 놈들과 연관이 있을까.

혹시 도영이 그들과 관계가 있는 것은 아닐까.

불현듯 엄청난 공포감이 도수의 온몸을 휘감았다.

그 공포의 정체가 무엇인지 마땅하게 떠오르지 않았다.

절대로 떠올리지 말아야 느낌이라는 것을 도수는 본능적으로 눈치를 채고 있었다.

*   *   *

한 달의 시간이 지났다.

날은 한층 따뜻해져서 겨울을 이겨 낸 푸른 잎사귀들이

용트림을 하며 모습을 드러내고 있었다.

H—시큐리트도 조금씩 성장을 거듭하고 있었다.

과거 압구정 파와 신사동 파의 영향력 아래 있던 모든 업소들이 H—시큐리티에 가입했다.

본래 있던 700곳을 합했고, 그동안 영업 사원들이 열심히 뛰어 준 덕분에 H—시큐리트에 가입한 가구와 업소는 2000곳에 달했다.

아직 강남으로 한정이 되어 있지만, 차츰 서울 전역으로 영업 장소를 늘려 갈 계획이었다.

부동산에 대한 사업을 함께 끌어갈 생각이었다. 어차피 부동산을 매매하기 위해서는 막대한 자금이 필요하다. 특히, 강남에서는 어지간한 자금을 가지고는 부동산 사업에 뛰어들 수도 없었다.

하지만 압구정 파와 영수의 자본을 흡수하면서 어느 정도 자금력을 확보하게 되었다.

반년 정도만 내실을 다지면 부동산 쪽으로 자회사를 마련하여 본격적으로 뛰어들 생각을 가지고 있었다.

기현은 햇살 브릿지 온에 찾아가 김 과장과 인터뷰를 진행했다.

그 과정에 김 과장에게 천만 원이라는 뒷돈을 건넸다.

김 과장은 아무렇지도 않게 그 돈을 받아서 챙겼다.

대신 그는 H—시큐리티가 얼마나 좋은 회사인지 인터뷰 내내 이야기를 해 주었다.

물론 기현도 햇살 브릿지 온이 사채가 아닌 서민들이 아 닌, 제 3금융권이라고 홍보를 해 주기로 약속을 하였다.

기현은 곧장 회사로 돌아와 이 사실을 도수에게 보고를 했다.

도수는 인터뷰한 내용을 홈 페이지에 올렸다.

햇살 브릿지 온 놈들이 이 사실을 확인할 테니 인터넷에 올리지 않을 수가 없었다.

도수와 기현은 회장실에 있는 검은색 가죽 소파에 앉아 있었다.

그들의 앞에는 진아가 가지고 온 녹차 두 잔이 놓여 있었 다.

둘은 업무에 대해서 이런저런 이야기를 하며 녹차를 마셨 다. 업무 중에 가장 마지막 일처리는 햇살 브릿지 온에 대 한 내용이었다.

"시작됐군요."

기현이 말했다.

"그래, 이제 놈들에게 달콤한 사탕을 줘야지. 몇 명이나 되나?"

"딱 100명입니다."

도수는 고개를 끄덕였다.

100명의 인원은 모두 꽤나 궁핍한 사람들이었다.

사업에 실패한 자도 있었고, 대학생 시절에 사채를 잘못 쓴 것이 사단이 되어 신용불량자가 된 사람도 있었다.

이유는 각각이었지만 하나 공통점인 것은 돈에 대해서 엄청나게 목이 마르다는 것이다.

위조 신분증을 만드는 것보다 그들을 찾아내는 데 훨씬 시간이 들었다.

서울역과 수원역등을 찾아다니면서 노숙자들을 설득하기도 했다.

햇살 브릿지 온에서 최대한 대출 가능한 금액은 2천만원.

100명 모두 집이 있거나 전세로 거주를 하고 있는 것으로 꾸몄다. 또한 차량도 소지하고 있었다.

대신 은행권에 1차로 저당권이 설정되어 옴짝달싹도 할 수 없는 상황을 만들어 냈다.

놈들에게는 충분히 군침이 흐를 만한 먹잇감.

3억이 넘는 아파트가 저당권에 설정이 되어 있다고 하더라도 2차로 놈들이 저당권을 설정하면 아무리 못해도 원금보다 훨씬 큰 이익을 챙길 수가 있을 테니까 말이다.

"그런데 말이야."

도수는 잠시 그때 봤던 정체를 알 수 없는 사내들을 떠올렸다.

그들을 알아낼 방법이 있을까.

아무래도 그것은 상준의 입으로 직접 들어야만 할 듯싶었다.

"말씀하십시오, 회장님."

"아니야. 생각이 정리되면 말하지."

"알겠습니다."

도수의 말에 기현은 고개를 끄덕였다.

"그럼 이 일은 바로 진행하겠습니다."

"그래."

도수의 허락이 떨어졌다.

기현은 자리에서 일어나 도수에게 인사를 하고는 회장실을 나갔다.

이제부터 상준에 대한 공습이 시작될 것이다.

봄이 시작된 이후로 햇살 브릿지 온 이용객이 20퍼센트 이상 늘었다.

100만 원, 200만 원 안팎의 소액 대출만 있는 것이 아니었다.

대부분이 500만 원 이상의 목돈을 필요로 하는 사람들이었다.

소액은 상대방의 핸드폰 번호와 주민등록번호 등 간단한 조회만 걸치면 되지만, 500만 원 이상은 반드시 주민등록등본을 확인하고 인감도장으로 계약서를 작성해야만 했다.

모두가 신원이 확실한 사람들이다.

사업을 하지만 어음이 막히는 바람에 급하게 목돈이 필요한 사람도 있었고, 주식을 하다가 돈을 날려 버린 회사원도 있었다.

집에서 받은 대학 등록금을 정선 카지노에서 날려 급하게 등록금을 구하러 온 대학생도 몇 명이나 있었다.

상준과 김 과장 그리고 회사 간부들이 실장실에 앉아서 웃음꽃을 피웠다.

"홍보 효과가 확실한데요? 설마 이렇게까지 많은 사람들이 몰릴 줄은 몰랐습니다."

김 과장이 활짝 웃으며 말했다.

그들 모두 인센티브가 걸려 있다. 많은 사람들을 끌어들이면 끌어들일수록 자신들이 받는 수수료는 많아진다.

겉으로는 고객을 위하는 척 실실 웃고 있지만 그들에게 한 번 걸려들면 100원짜리 하나 남기지 않고 탈탈 털리게 된다.

"H—시큐리티라는 곳은 확실한 곳이지?"

상준이 물었다.

"그럼요. 이미 다 알아봤습니다. 요즘 뜨고 있는 중소 규모의 보안 회사인데요. 강남 지역에서는 꽤나 유명한 것 같았습니다."

"강남 지역에서 영업을 하는 애들이 왜 여기까지 왔지?"

"다른 곳으로 영업 지역을 늘리기 위한 것이라고 합니다. 저희야 길 가다가 돈 다발 주운 겪이죠."

"그렇군."

상준은 기분 좋게 미소를 지었다.

요즘 들어 꽤나 많은 고객들이 밀려오고 있었다.

저번 주만 하더라도 대출 건수가 12건, 2억 원에 이르렀다.

위험 부담까지 감안한다고 하더라도 한 달 뒤면 4천이라는 거금이 원금과 함께 돌아온다.

만약 채무자가 돈을 갚지 못한다면 조금 번거롭기는 하겠지만, 몇 배나 되는 현금을 챙길 수가 있었다.

완전히 알거지가 된다고 하더라도 돈을 뽑아낼 수 있는 방법은 있었다.

오래전부터 그와 거래를 해 온 조직에게 채무자를 팔아넘기면 되는 것이다.

인간의 장기는 부르는 것이 값이니까.

"실장님."

안경을 쓰고, 얌전한 우등생처럼 생긴 사내가 상준을 불렀다.

"응, 얘기해, 이 부장."

"저희 입장에서 채무자가 늘어난 것은 좋지만 현금 회전율이 문제입니다."

"모자라?"

"이번 주도 저번 주처럼 사람들이 몰린다면 현금이 모자를 것 같습니다. 최소 2억 이상은 금고에 있어야 합니다."

"2억이라…… 알았어. 그건 내가 처리하지."

상준은 시원스럽게 말했다.

이런 식으로 영업만 잘된다면 2억이 아니라, 10억도 한 달 안에 불릴 수가 있었다.

지금은 무조건 채무자를 늘려야 할 때였다.

상준은 회의가 끝난 후 은행에서 돈을 찾아 금고에 5만 원권으로 2억을 채워 넣었다.

아직 현금으로 5억이나 남아 있었고, 금방 현금화할 수 있는 펀드도 2억이나 있었다.

한 달만 버티면 되기 때문에 자금줄이 마를 것이라고는 생각하지 않았다.

하지만 그것은 상준의 예상을 빗나간 일이었다.

그가 생각하기에 이상할 정도로 고객들이 밀려왔다.

서류상으로는 단 한 명도 의심할 만한 점을 발견하지 못했다.

그는 신이 났다.

이렇게만 나간다면 몇 년 되지 않아 100억도 넘는 현금을 손에 쥘 수 있을 것만 같았다.

그는 자신이 가지고 있던 모든 현금을 쏟아부었다.

그것도 모자라 펀드를 해약하고 현금으로 바꾸었다. 약간의 손해가 있지만 그것 역시 몇 배로 늘어나서 자신의 주머니에 고스란히 돌아올 것이다.

2주 만에 그가 쏟아부은 현금은 9억에 달했다.

상담 전화는 폭주하고, 전화 상담을 위해서 단기 아르바이트생까지 구했다.

상준은 매일 같이 회의를 열었고, 이런 현상이 짧게 끝날 것 같지 않다는 것에 의견을 모았다.

모두가 최소한 지금처럼은 회사가 유지된다고 생각을 한 것이다.

인터넷의 영향이 꽤나 컸다는 것에는 부정을 할 수가 없었다.

햇살 브릿지 온의 직원들이 친절하고, 상담도 잘해 준다는 후기 내용도 속속 올라왔다.

제 3금융권에서 40퍼센트에 가까운 이자를 내는 것보다, 한 달 안에 돈을 갚을 수만 있다면 차라리 이곳을 찾는 것이 훨씬 이득이라는 내용도 많았다.

그것을 보고 전화를 하는 사람이 생각보다 훨씬 많았다.

현금 장사를 하는 그들로서는 불안한 마음이 들면서도 신이 날 수밖에 없었다.

현금이 또다시 모자랐다.

그는 전세를 준 아파트 한 채를 담보로 2억에 대출을 받아서 모자란 현금을 메웠다.

도수를 태운 고급 승용차가 햇살 브릿지 온 근처에서 정차를 하고 있었다.

도수는 차의 창문을 밑으로 내리고 담배를 입에 물었다.

바람이 따뜻해서 굳이 창문을 닫아 놓고 있을 필요가 없었다.

그는 담배를 입에 물자 옆에서 기현이 담배에 불을 붙여 주었다.

"놈이 얼마나 자금을 뿌려 댔지?"

"11억입니다. 그가 총동원할 수 있는 현금입니다."

"부동산은?"

"아파트 한 채가 은행에 저당을 잡혀 있기는 하지만 남은 것도 꽤 됩니다. 그것을 뺀다고 하더라도 한 채의 아파트와 주상 복합 아파트를 합쳐서 25억 정도가 됩니다. 특히 그가 살고 있는 주상복합 아파트는 시가로 18억이 넘습니다."

"영수보다는 수완이 적었나 보군."

"저희가 모르는 뒷돈을 꿍쳐 놓고 있을지도 모르죠."

"계속해서 털다 보면 나오겠지."

"동감입니다."

"그럼 한 번 가장 크게 흔들어 볼까. 준비는 됐겠지?"

"그럼요. 돈에 환장한 놈이 말려들지 않으면 그것이 이상한 겁니까. 그나저나 선배님이 이런 일에 선뜻 응하시다니 의외입니다."

"아직 팔팔하시잖아. 기력이 충만한데 이제껏 은둔해서 사셨으니 얼마나 좀이 쑤시겠나."

"하긴요. 당장 현역에 복귀해도 될 체력이시잖아요."

"맞아."

도수는 빙그레 웃었다.

조형은을 생각하니 웃음이 나왔다. 저번 달에 조형은과 이영옥, 두 노부부를 찾아뵐 때 이번 일에 대해서 말을 드렸더니, 대뜸 조형은이 나도 할래, 라고 말해서 얼마나 놀랐던가.

이영옥이 말렸지만 조형은은 꼭 이번 일에 한몫을 하고 싶다고 고집을 부렸다.

이영옥은 한숨을 쉬면서 허락을 했다.

노망 든 짓 좀 하지 말라고 신신당부를 하면서.

"좋아. 살행해."

"알겠습니다."

대답을 한 기현이 어딘가로 전화를 걸었다.

"어이구, 회장님. 여기까지는 어쩐 일이십니까."

상준은 사무실에서 나가 자신을 찾아온 중년인의 손을 잡고 허리를 숙였다.

약 165㎝ 정도의 신장에 머리가 하얗게 쉰 중년인.

쉰 머리 때문에 언뜻 노인처럼도 보이지만 가까이서 보면 그렇지 않았다.

피부가 번들번들하고 혈색이 좋았다. 크는 작지만 풍채도 좋아서 쉬운 사람으로는 보이지 않았다.

그는 종암동에서 빌딩을 다섯 채나 소유하고 있는 꽤나 이름 있는 부동산 거물이었다.

상준이 월세를 꼬박꼬박 내고 있는 이 낡은 건물도 그의 소유였다.

백차석이라는 자로 젊었을 적에는 종암동에서 유명한 건

달이었다고도 한다.

성북구에서 백차석 이름을 모르면 간첩이라고 할 정도로 꽤나 유명한 인사였다.

"허허, 이 사장이 어떻게 지내는지 보려고 한번 들렀지."

백차석은 사람 좋은 웃음을 터트렸다.

"하하, 잘 오셨습니다. 제 사무실로 가시죠."

상준은 백차석을 자신의 사무실로 이끌었다.

그의 옆에는 굉장히 풍채가 좋은 중년의 노신사가 멀끔한 정장을 입고 서 있었다.

중절모를 쓰고 있었고, 눈빛이 형형하여 젊은이들 못지않게 보였다.

굉장히 위압감이 있는 노인이었다.

그를 늦게 발견한 상주는 누구냐, 라는 듯한 눈빛으로 백차석을 바라봤다.

"아차차, 내 정신머리 좀 봐. 소개하지, 조 회장일세. 나보다 두 배는 넓은 땅을 가지고 계신 분이지. 조 회장, 여기는 이 사장이요. 젊지만 싹수가 있는 친구지."

"조 가요."

조 회장이 손을 내밀었다.

"아, 안녕하십니까. 저는 이상준이라고 합니다."

상준은 허리를 90도로 굽히며 조 회장의 손을 잡았다.

그는 두 명의 노신사를 데리고 자신의 사무실로 들어갔다.

백차석과 조 회장이 자리에 앉아 상준은 가장 끄트머리 소파에 앉았다.

곧 이어 유니폼을 입은 여직원이 쌍화차 두 잔을 가지고 사무실로 들어왔다.

"조 회장, 한 번 드셔 보시오. 여기 쌍화차가 꽤나 괜찮다오."

백차석에 말에 조 회장은 빙그레 미소를 지은 후 쌍화차를 들어서 맛을 음미했다.

둘은 상준의 사무실에 앉아서 이런저런 말을 했다.

상준이 듣기에는 하등 가치가 없는 쓸데없는 말들이었다. 하품이 나올 지경이었다.

이 늙은이들이 왜 온 거야, 바빠 죽겠는데, 라는 말이 목구멍까지 넘어왔다가 들어갔다.

성격대로 하면 그럴 수가 있지만, 백차석 앞에서는 차마 그럴 수가 없었다.

이 노인네의 한마디면 자신과 같은 중소 규모의 사채업자는 하룻밤 만에 사라질 수가 있었다. 그만큼 가진 힘의 차이는 엄청났다.

한참이나 두 노인의 말을 듣던 상준이 조심스럽게 물었다.

"그런데 회장님……."

"응? 아, 미안, 미안. 하도 오랜만에 조 회장을 만나 너무 반가워서 말이야."

"아, 그러셨군요. 친우를 만나셨다니 기분이 좋은 것은 당연하죠. 그런데 저에게는 무슨 볼일이신지."

"음, 다름이 아니라. 자네 유통할 수 있는 자금이 얼마나 되는가?"

백차석은 말을 빙빙 돌리지 않고 곧바로 핵심을 찔렀다.

허허 거리던 노인의 웃음만 터트리던 그의 눈빛이 변한다.

뭔가를 노리는 듯하다. 백차석의 눈빛에서 상준은 불편함을 느꼈다.

그는 조심스럽게 방어벽을 쳤다.

"하하, 제가 돈이 어디 있습니까. 겨우 입에 풀칠만 합니다."

"그래? 요즘 사업이 잘된다고 하던데."

누군가에 이곳에 대한 사정을 듣고 온 것이 분명하다.

거짓말을 하기가 쉽지가 않다. 그렇다면 최대한 감추면서 진실을 얘기해야 했다.

"이제 좀 숨통이 트이는 겁니다. 겨우 푼돈 몇 푼 벌면서 살지 않습니까."

"그래? 그럼 할 수 없지. 자네에게 자금 좀 있었으면 목돈 좀 만져 볼 수 있었을 텐데."

목돈이란 말에 상준의 귀가 번쩍였다.

도대체 이 노인네가 무슨 소리를 하려고 이러지.

"무슨 말씀이신지……."

"아, 여기 이 친구가 말이야. 돈이 좀 필요해서."

"돈이라면 회장님이 많지 않으십니까."

"알잖아. 내 수중에는 땡전 한 푼 없어."

그렇지.

이 노인네는 자신의 재산을 모두 분할해서 숨겨 버렸다.

아내, 자식들 내외, 손자, 손녀들까지 총동원해서 재산을 분할했다.

법으로는 금지가 되어 있는 신탁 명의로 해서 얼마나 많은 재산이 숨어 있는지 감도 잡히지 않았다.

하나 재산은 많지만, 현금 동원력은 현저히 떨어졌다.

그렇다고 하더라도 몇 억쯤은 금방이라도 모을 수 있을 텐데.

"마련하면 못하는 건 아니지만 시간이 촉박해서 말이야. 내 친구의 부탁이기도 하고. 그래서 자네에게 데려왔지. 강남의 있는 빌딩이니 시가도 꽤 나가. 그런데 이 친구가 당장 현금이 필요하다니까."

강남이라.

상준의 숙원은 강남으로 진출을 하는 것이다.

하지만 그러기에는 자금이 너무도 부족했다.

그곳에서 사채를 하려면 필요한 최소한의 자금이 50억은 있어야 한다.

자잘한 사채업자들은 막강한 자금을 동원한 큰 손에게 하루아침에 먹히고 말았다.

하지만 강남에 빌딩을 가지고 있노라면? 적게 잡아도 50억은 되지 않을까.

그것을 기반으로 삼을 수도 있었다. 물론 못 먹는 감이 될 가능성이 높지만.

강남이란 말에 귀가 솔깃한 상준은 조심스럽게 조 회장에게 물었다.

"얼마나 현금이 필요하신 겁니까?"

"20억이 필요하네."

조 회장은 망설이지 않고 대답했다.

20억이란 말에 상준의 입에서 헉이란 바람 빠지는 소리가 나왔다.

자신이 가진 11억은 몽땅 채무자에게 대출을 해 준 상태였다.

도저히 그가 마련할 수 없는 금액이었다.

"한 달이면 되네. 어지간한 자들도 20억이란 자금을 한번에 마련할 수가 없어서 말이야. 하지만 내 빌딩은 100억이 넘지. 그걸 담보로 잡을 생각이네. 위험 부담에 비해서 내 물건의 덩치가 좀 크지. 이자는 만족스럽게 쳐 주지."

20억을 빌려 주고 한 달 뒤에 받는 이자가 2억이다.

엄청나게 남는 장사가 아닐 수 없었다.

혹여 빌딩에 저당권이 잡혀 있지 않다면 위험 부담은 훨씬 줄어든다.

"혹시 채무가 많으십니까?"

"없어, 없어. 처음에는 은행에 가서 빌리려고 했는데, 내 신분이 문제가 돼서 말이야."

"어떤 문제인지 물어봐도 되겠습니까?"

"신용불량자야."

완전 개새끼다.

그런 엄청난 재산을 가지고 있으면서도 뭔 짓을 했기에 신용불량자가 됐을까.

어쨌든 이건 노다지였다.

"제가 건물 좀 확인해도 되겠습니까?"

"자네가? 왜? 현금도 없다면서."

조 회장은 피식 웃으면서 말했다.

어쩐지 네까짓 게 그런 돈도 없이 그런 것은 왜 물어, 라는 느낌을 강하게 받아서 기분이 나빠지는 상준이었다.

"건물만 확인하면 융통할 수 있을 듯해서 그럽니다."

"그래? 괜히 간만 보는 건 아니지?"

"아닙니다. 확인만 하면 일주일 이내로 20억을 마련하겠습니다."

"일주일? 안 돼, 안 돼. 난 삼 일 안에 돈이 필요해. 그래야 어음을 막을 수가 있다고. 어음만 막으면 한 달 안에 돈을 갚을 수가 있으니까. 자네에게는 미안하게 됐군. 백가야, 미안하지만 다른 자금줄 좀 알아봐 줘야겠어."

"할 수 없지, 일어나자고."

백차석과 조 회장이 자리에서 일어났다.

어쩐지 마음이 급해졌다.

안전한지 확인만 하면 된다. 최저 2억에서 많게는 100억을 벌 수 있는 절호의 기회가 아닌가.

"알았습니다. 건물만 확인하면 3일 안에 자금을 마련해 보도록 하겠습니다."

조 회장의 모습이 멈췄다. 그는 상준을 뚫어지게 바라보았다.

"확실한가?"

"확실합니다."

"나중에 딴소리하지 말게. 만약 자네 돈이 마련이 안 되면 나는 엄청난 타격을 입게 되네."

"걱정하지 마십시오."

고개를 끄덕인 조 회장은 상준을 데리고 건물 밖으로 나왔다.

건물 앞에는 최고급 벤츠 두 대가 대기해 있었다.

백차석과 조 회장이 나가자 운전석에 운전사가 뛰어나와 뒷문을 열었다.

"그럼 백 가야, 내가 나중에 술 한잔 살게."

"그래, 좋은 술로 사야 할 거야."

둘의 눈빛이 매섭게 교차했다.

"자, 타게나."

조 회장은 상준을 뒷좌석에 태웠다.

종암동에서 출발한 벤츠는 40분을 달려 강남역 근처 빌딩에 도착했다.

7층짜리 빌딩이지만, 넓이가 무척이나 컸다.

한 층에 500평도 너끈하게 넘어 보였다.

1층에 입주한 상가만 20개 가까이 된다. 100억이 넘는 건물이라더니 허튼말은 아니었다. 아니, 오히려 적게 말한 감도 없지 않았다.

조 회장은 건물의 구석구석을 소개했다.

7층으로 올라가자 그의 100평이 넘는 그의 사무실이 있었고, 직원들이 그를 보며 회장님, 오셨습니까, 라며 인사를 했다.

이건 아무리 봐도 진짜였다. 가슴이 두근두근 뛴다.

"좋습니다. 차용증을 쓰죠."

입이 벌어지려는 것을 억지로 막으며 상준은 말했다.

이 빌딩을 본 순간 2억이라는 돈은 머릿속에서 날아갔다. 어떡하면 빌딩을 먹을 수 있을까, 라는 생각이 가득하다. 겨우 2억을 먹기에는 너무도 빌딩이 아까웠다.

"이 사장이 돈을 가져와야지. 그럼 차용증을 쓰겠네."

"알았습니다. 그럼 삼 일 뒤에 뵙겠습니다."

마음이 급해진다.

일주일이라면 모를까, 삼 일이라는 시간은 그에게도 촉박했다.

그가 살고 있는 주상 복합 아파트와 전세를 준 아파트를 담보로 대출을 받을 시간이 부족했다.

2금융권 혹은 같은 업계 형님에게 융통을 해야 할 듯싶었다.

그리고 조 회장이라는 사람이 어음을 만기일에 받지 못하도록 손을 써야 한다.

"이것 참, 너무 좋은 일만 생기니까 불안해지기까지 하는걸."

상준은 입술 끝을 올리며 빙그레 미소를 지었다.

9.
노량진

WILD BEAS ^CITY^

사람들의 옷들이 얇아졌다. 간혹 젊은 사람들은 반팔 티
셔츠를 입고 다니는 사람들도 눈에 띄었다.

 그들의 가방 옆에는 얇은 카디건이나 봄 점퍼가 걸려 있
었다.

 오후 날씨는 포근하다고 하더라도 일교차가 크다. 오전,
저녁으로는 꽤나 쌀쌀했다.

 일교차 때문인지 회사에도 감기에 걸린 사람이 상당히 많
았다.

 도수는 노량진역에서 내렸다. 토요일에 굳이 수태를 동반
할 필요는 느끼지 못했다. 수태는 어떤 날에도 자신이 붙어
있어야 한다고 말했지만 그도 회사원.

 주말에는 쉬게 해 주고 싶었다.

노량진역에서 내려 밖으로 나오자 비린내가 물씬 풍겼다.
옆으로 보니 가까운 곳에 수산 시장이 있었다.

종종 길을 지나치다 수산 시장이 있는 것을 봤지만 한번
도 가 보지는 못했다.

사실 그는 노량진이 처음이었다. 한번 가 보고 싶은 마음
이 들었다.

일단은 유정과 약속을 했으니 그녀를 만난 후 생각해 볼
문제다.

"오빠!"

유정이 손을 흔들었다.

그녀는 찢어진 청바지에 흰색 티셔츠를 입고 있었다.

티셔츠 앞에는 곰돌이가 그려져 있어서 꽤나 귀여웠다.
약간은 쌀쌀한지 얇은 카디건을 걸쳤다.

흰색 운동화에 머리는 묶지 않고 풀었다.

그녀가 다가오자 정신을 아찔하게 하는 향기가 풍겼다.
그녀가 다가올수록 봄기운이 느껴지는 것 같았다.

"와우, 오빠가 캐주얼하게 입은 것 처음 보는 것 같은데
요."

"그래?"

도수는 간편하게 입었다.

거의 매일 정장을 입다 보니 캐주얼한 옷을 입을 일이 거
의 없었다.

있던 캐주얼 옷도 압구정 파의 습격으로 숙소를 옮기면서

사라졌다.

혼자서 옷을 살 생각이 들지 않는다.

그렇다고 유정을 만나면서 항상 트레이닝복만 입을 수는 없었다.

어쩔 수 없이 그는 진아에게 자신의 옷을 부탁했다.

진아는 회장님의 덩치가 너무 크니 직접 가서 입어 봐야 한다고 말했다.

도수는 진아와 함께 캐주얼 복을 사러 갔다.

대학교 시절에 피팅 모델 겸 온라인 쇼핑몰을 운영했다던 그녀.

그래서 그런지 옷을 보는 눈이 무척이나 뛰어났다. 조금 힘이 든 점이 있다면 옷 한 벌 고르는 데 꽤나 오랜 시간이 걸린다는 점이다.

아니, 무척이나 오래 걸렸다. 다리가 무거워지고 정신이 점점 황폐해졌다.

왜 그런지는 전혀 몰랐다. 단지, 너무 힘이 든다는 것뿐이었다.

하지만 진아는 그렇지 않은 모양이었다.

그녀는 밝게 웃으며 회장님, 이건 어때요, 회장님, 저건 어때요, 라면서 쉴 새 없이 걸어 다녔다.

힐을 신었으면서도 저렇게 움직일 수 있는 것이 신기했다.

진아가 도수의 캐주얼 옷을 골라 주는 데 걸린 시간은 거의 반나절이었다.

옷을 모두 골랐을 때는 도수는 녹초가 되어 있었다.

나중에 그 사실을 안 기현은 의미심장한 눈으로 도수를 바라봤다.

도수가 왜? 라고 묻자 기현은 이렇게 대답했다.

회장님도 참, 역시 여자 보는 눈은 있으십니다, 그런데 형수님이 아시면 난리가 날 텐데, 형수님 성격이 장난 아니잖아요, 라고 말했다.

왜 그런 소리를 했는지 도수는 아직도 이해하지 못하고 있었다.

도수는 진아가 골라 준 옷을 입고 있었다.

붉은색 바탕에 붉은색 끈이 달린 운동화였다.

항상 흰색 운동화만 신던 그였기에 색이 들어간 운동화는 어쩐지 거부감이 느껴졌다.

하지만 요즘은 이런 것이 유행이라면서 진아가 밀어붙여서 그것을 사야만 했다.

화를 낼 수는 없었다.

여자를 상대하는 것이 도수의 입장에서는 가장 어려웠다.

바지는 맞는 것이 없어서 통이 조금 넓은 카고 바지를 샀다. 상의는 얇은 푸른색 스웨터를 입었다.

옷만 바뀌었을 뿐인데 도수의 살벌한 기색이 상당 부분 옅어졌다.

그렇기에 유정이 놀라고 있는 것이다.

"와우, 놀라운 센스. 오빠가 이런 옷을 입을 줄은 상상도 못했네요. 멋있어요, 우리 오빠."

유정이 도수의 팔에 찰싹 달라붙어서 뺨을 비볐다. 그녀의 머리에서 올라오는 향긋한 샴푸 냄새가 콧속을 간질였다.

"노량진은 오랜만이에요."

"여기 온 적이 있어?"

"친구가 몇몇 재수를 했거든요. 그래서 종종 친구 만나러 온 적이 있었어요."

"그랬군."

도수는 알겠다는 의미로 고개를 끄덕였다.

검정고시 학원만 있는 것이 아닌 모양이었다.

보이는 건물 간판의 대부분이 학원이다.

입시, 검정고시, 공무원, 공인중개사 등 엄청나게 많은 학원들이 있었다. 그가 알기로 신림동이 대한민국에서 가장 큰 학원가인지 알았는데 아닌 모양이었다.

신림동 학원가를 가 보지 못했지만 어쩐지 이곳이 훨씬 클 것 같았다.

"기철 씨랑 점심 먹고 나서 뭐할 거예요?"

유정이 도수의 팔짱을 끼고 걸으면서 물었다.

거구의 사내와 아름다운 미녀가 팔짱을 끼고 걷고 있으니 사람들의 시선이 느껴졌다.

그들의 시선이 부담스럽게 느껴졌지만, 유정은 그렇지 않은 모양이었다.

오히려 그들의 시선을 즐기는 듯했다.

"아직 계획이 없는데."

"그럼 우리 수산 시장 갈까요? 여기까지 온 김에."

"수산 시장?"

"네. 오빠 회 좋아해요?"

좋아는 한다. 단지 자주 먹어 볼 기회가 없었을 뿐.

"아마도."

"헤헤, 그럼 땅땅땅, 정해졌습니다. 기철 씨와 식사하고 저희는 수산 시장으로 고고고!"

유정은 자신이 판사라도 된 것처럼 손바닥에 주먹을 내려 치며 판결을 내렸다.

그 모습이 꽤나 귀여워서 도수는 미소를 지었다.

"우와, 우리 오빠, 간만에 웃었다. 자주 좀 웃어요, 웃어 야 복이 온다잖아요."

"노력해 보지."

둘은 나란히 걸어서 육교를 건넜다.

육교를 건너자마자 엄청나게 큰 학원이 있었다.

기철은 그 앞에 서 있었다. 그는 도수를 보자마자 달려와 서 90도로 고개를 숙였다.

"회장님, 안녕하셨습니까."

"밖에서는 그러지 마라. 보는 사람들도 많다."

"알겠습니다. 회, 아니, 큰 형님."

기철은 방긋 웃었다.

처음에는 눈빛에서 독기가 가득했었지만, 지금은 그런 것이 많이 빠져 있었다.

여느 청년처럼 밝고, 꿈이 많아 보인다. 참으로 보기가 좋았다.

그렇지 않아도 잘생긴 얼굴. 표정이 밝아지고, 옷도 화사해지자 여학생들이 많이들 따를 듯싶었다.

"주말인데도 학생들이 많군. 점심시간인가?"

"네, 요즘 특강이 많거든요. 그래서 주말에도 학원가에 나오는 학생들이 많아요. 물론 점심시간 때이기도 하고요."

"그렇군. 식사해야지, 가자."

"네, 그런데 제가 먹는 식단이 큰 형님 입맛에 맞을지 모르겠네요."

기철은 송구스럽다는 듯 뒷머리를 긁적거렸다.

그는 어제 도수에게 전화를 받았다. 얼마나 열심히 공부를 하고 있는지 확인을 하러 온다고 말했다. 그 얘기를 들은 기철은 깜짝 놀랐다.

열심히 하는 것은 맞다.

새벽 4시 반에 일어나 11시 반까지 거의 쉴 새 없이 공부를 한다.

잠깐 머리를 식을 때라고는 담배를 필 시간뿐이었다. 친구들도 사귀지 않았다.

선생들이 하는 말이 스터디를 하는 것은 괜찮지만 여자를 사귀는 것과 술친구를 만드는 것은 고시에 떨어지는 지름길이라고 하지 않았던가.

처음에 기철은 검정고시를 치르고 대학을 가려고 했었다.

하지만 생각을 바꿨다. 일단 고시를 붙고 나서 대학을 가도 상관이 없을 듯했다.

그렇기에 그는 검정고시와 함께 사법고시도 준비했다.

곧 사법고시는 로스쿨로 대체될 것이란 말이 무성했지만, 기철은 삼 년 안에 모든 것을 끝낼 자신이 있었다.

그러나 자신이 어떻게 생활을 하는지 은인이자 가장 존경심을 가지고 있는 인물에게 보여 주는 것이 무척이나 쑥스러웠다.

도수는 그에게 최고의 환경을 제공했다.

이곳에서 가장 좋은 오피스텔을 얻어 주고, 학원비도 일체 부담해 줬다.

용돈도 항상 넉넉히 통장에 넣어 준다.

그가 도수에게 보답을 할 일은 최단시간 안에 모든 시험을 패스하고 도수를 돕는 것뿐이었다.

기철은 그렇게 생각하고 있었다.

"나는 아무거나 잘 먹는다, 괜찮아."

"그럼 형수님은?"

"저도 아무거나 잘 먹어요."

유정이 밝게 웃으며 대답했다.

이제는 형수님이란 말이 어색하지 않는 모양이다. 분명 털털한 성격도 한몫을 할 것이다.

"이쪽으로 오세요. 제가 가는 식당입니다."

기철은 3분 정도를 걸어갔다. 학원가 뒤쪽에 있는 골목이었다. 학원가 뒤쪽은 식당들이 많았다. 서점과 문구점도 곳곳에 눈에 띤다.

서울 시내에서 많이 볼 수 없는 문구점이지만, 이곳에서는 열 집 건너 하나씩 보였다.

식당 안에 들어가자 사람들이 줄을 서서 식판을 들고 있었다.

그것을 보자니 어쩐지 교도소 생활이 떠올랐다. 그때도 지금과 비슷하게 식사를 했으니 말이다.

"형님, 형수님. 여기."

기철은 두 개의 식판을 가지고 와서 도수와 유정에게 주었다.

그리고 숟가락과 젓가락도 챙겼다.

식단은 뷔페식이었다.

김치, 깍두기, 김, 닭 튀김, 무채, 콩나물 국. 그중에서 골라 먹으면 됐다.

도수의 앞에 서 있는 학생은 무척이나 밥과 반찬을 많이 퍼서 식판에 담았다.

그들만 그런 것이 아니었다. 다른 학생들도 꽤나 많은 음식을 퍼서 담았다.

셋은 식탁에 앉아서 음식을 먹었다.

"음, 괜찮은데."

김치도 깍두기도, 닭튀김도 나쁘지 않았다.

후룩거리며 콩나물 국도 숟가락으로 떠먹었다. 속이 풀리는 것이 괜찮았다.

"그러게요, 맛있네요. 학생들이 듬뿍듬뿍 퍼 가는 것이 이해되네요."

도수의 말에 유정이 호응했다.

"가격이 얼마나 해?"

"10장에 32000원이요."

"32000원? 그럼 한 끼 식사에 3200원이야?"

"네."

상당히 싸다.

요즘은 한 끼 식사에 보통 6천 원 이상이다.

강남이나 여의도에서는 대부분이 7천 원 이하로는 찾을 수가 없었다. 거의 반값인 셈이었다.

"괜찮네. 그래도 모르니까 종종 좋은 음식을 먹도록 해."

"걱정 마세요. 운동도 꾸준히 하고 있습니다."

"그건 잘하고 있군. 공부는 어때, 잘되나?"

"나쁘지 않아요. 공부 체질인 것 같네요."

"시험은 언젠데?"

"중졸 검정고시는 이번 달이고요. 고졸 검정고시는 8월입니다."

"연달아서 시험을 보게? 어렵지 않나."

"그다지 어려운 것은 못 느끼겠어요. 헤헤, 자랑인데요.

두 검정고시 모두 최고 고득점이거든요."

"벌써?"

"네."

기철은 손가락으로 브이를 만들었다.

머리가 좋은 놈인 줄은 알았지만 공부를 시작한 지 얼마 되지 않아서 이렇게 높은 성적을 올릴 줄은 몰랐다.

"그다지 어려운 시험은 아니에요. 대신 수능이나, 공무원, 5급 고시는 몇 배나 어려워지죠. 그걸 열심히 해야 되요."

"대학을 갈 거지?"

"아니요. 저는 바로 사법고시에 도전을 하려고요."

"차라리 법대를 가지 그러나."

"그것도 생각을 해 봤는데요. 그것은 나중에 하려고요. 일단 사법고시를 패스하고, 인맥을 위해서 대학을 가려고 합니다."

"음, 그렇게 하려무나. 네가 결정한 일이니 믿고 맡기겠다."

"감사합니다, 큰 형님."

기철은 다시 한 번 도수에게 고개를 꾸벅 숙였다.

도수가 죽으라면 진짜로 죽을 것 같은 충성심이 그에게서 느껴졌다.

그들은 빠르게 식사를 마쳤다.

기다리는 사람들이 많아서 눈치가 보여 느긋하게 앉아 있기가 불편했다.

도수가 기철과 함께 차를 한 잔 마시자고 하자 그는 자판기 커피 세 잔을 꺼내 왔다.

20분 뒤에 특강이 있다고 하여 들어가 봐야 한다고 했다.

열심히 하는 모습이 좋았다. 도수는 그의 주머니에 5만 원이 스무 장이 든 흰 봉투를 주었다.

기철은 극구 사양했다. 용돈도 충분하다고 말했다.

그래도 도수는 그의 주머니에 봉투를 넣어 주었다. 하고 싶은 공부 마음껏 하라는 말도 잊지 않았다.

"너무 부담은 가지지 말아라. 네가 검사나 변호사가 되지 않는다고 하더라도 너를 버릴 것은 아니다. 그러니 부담 가지지 말고 최선을 다해라."

도수의 말에 감명을 받은 모양이었다.

기철은 울먹였다. 고아로 자라 왔고 혼자서 생활을 했었다.

이런 따뜻한 호의는 생전 처음 받아 보는 것이었다.

기철은 90도로 인사를 하고서는 학원으로 들어갔다.

도수와 유정은 손을 잡고 수산 시장으로 향했다. 수산 시장은 엄청나게 넓었다. 도수가 생각하는 것보다 몇 배나 거대했다.

막상 수산 시장 안으로 들어오니 생선 비린내도 거의 나지 않았다.

앞치마를 두른 아줌마와 아저씨들이 유정에게 아가씨, 싸게 해 줄게. 한 번 골라 봐, 라며 쉴 새 없이 말을 했다.

그렇게 말을 하다가 도수를 보며 그들은 잠시 머뭇거렸다.

매출을 올려야 하는지, 두려움을 이겨야 하는지 표정에서 역력히 드러났다.

도수와 유정은 봄철의 맛이 좋다는 도다리와 우럭을 샀다. 음식점에 올라가면 약간의 자릿세를 내 주고 회를 쳐 준다고 하였다.

그들은 생선값을 지불하고 2층으로 올라갔다.

넓은 식당 안에는 그다지 사람이 없었다. 열 개가 넘는 테이블 중에서 세 팀만 있을 뿐이었다.

도수와 유정은 벽 쪽에 자리를 잡았다. 유정이 이모, 여기 소주 한 병, 맥주 한 병 주세요, 라며 신나게 얘기했다.

도수는 이 여자가 대낮부터 달리겠군, 이라며 생각만 했을 뿐, 입 밖에는 내지 않았다.

워낙 술을 좋아하던 유정이 아니던가.

그렇다고 술에 취해서 인사불성이 되거나, 필름이 끊기거나, 꼬장을 부리지는 않았다.

곱게 먹고, 화끈한 토론을 한 뒤, 열 받으면 더 마시고, 기분 좋으면 더 마시는 딱 그 정도였다.

앞치마를 한 중년의 아줌마가 밑반찬과 술을 가져다주었다.

유정은 맥주를 숟가락을 땄다. 도수도 할 줄 모르는 기술이었다.

그녀는 소주를 손으로 흔든 후 병따개를 따고 도수의 잔에 부었다.

1/5 정도 소주를 따른 후 나머지는 맥주를 부었다.

"오빠! 건배."

도수는 잔을 들어서 유정에 잔에 부딪쳤다.

"카! 좋다. 요즘 매일 야근만 해서 소맥이 땡겼는데. 역시 오빠랑 마시는 술이 제일 맛있어."

유정은 두 잔이나 연거푸 마셨다.

아직 햇살을 밝고 따뜻하다.

사람들은 열심히 일을 할 시간이다.

이렇게 마시다가는 그들이 지친 몸을 이끌고 퇴근할 때 고주망태가 되어 있을 듯싶었다. 밤이라면 모를까, 대낮부터 그런 모습을 사람들에게 보여 주기는 싫었다.

"천천히 마셔."

"걱정 마세요. 원래 회랑 소주를 마시면 잘 취하지 않는 법이니까요."

과연 그럴까?

모두 그런 말을 하지만 왜 다들 집에 갈 때는 똑같이 인사불성이 돼서 가는 것일까. 알다가도 모를 일이다.

수산 시장에서 샀던 도다리와 광어가 회가 되어서 나왔다. 도수와 유정은 초고추장에 와사비를 뿌려서 휘휘 저은 후, 회 한 젓가락을 집고는 찍어서 먹었다.

현지에서 직접 먹는 것보다는 못하지만 상당히 맛이 좋았다.

입안에 향긋한 바다 냄새가 풍기며 오들오들 씹히는 맛이 일품이었다.

간만에 도수도 술이 받는다.

도수와 유정은 앉은 자세 그대로 맥주 여섯 병과 소주 세 병을 비웠다.

"오빠, 혜미 기억하세요? 저번에 병원에서 봤던."

유정이 혜미의 이야기를 꺼냈다.

"기억하지. 불쌍한 아이지."

"그 아이를 성폭행한 애들이 실종됐어요."

"실종?"

"네, 신문에는 작게 나왔는데 저희 쪽에서는 꽤나 화제거든요. 저와 같은 사회부 기자들은 쌤통이라고 할 정도니까요. 뭐, 제 생각에는 가출한 것 같지만. 경찰에서도 가출로 일단 처리했고요."

"흠."

가출이 아니라는 것은 도수가 가장 잘 알고 있었다.

몇 놈은 동두천 남창 집으로, 몇 놈은 강제로 성전환 수술을 당해서 태국으로 팔려갔다.

장담하건만 그들이 다시 한국 땅을 밟은 일은 없을 것이다.

"한국의 법은 너무 약해요. 어디서 되도 않는 일본의 법을 그대로 따 와서 미성년자 보호법이라니요. 물론 본의 아닌 실수로 범죄를 저지른다면 보호 감찰 등, 여러 가지 사회 시스템으로 정화를 시켜야겠지만, 애초에 싹이 노란 그런 새끼들도 부지기수라고요. 그놈들이 커서 뭐가 되겠어요. 차라리 철저하게 자신의 죄를 반성하도록 엄청나게 큰 벌을 주는 것이 훨씬 나을 거예요."

"동감이다."

"차라리 그 자식들이 가출이 아니라 납치가 된 거면 좋겠네."

술이 오른 유정은 본심을 얘기했다.

그녀뿐만이 아니라 대한민국에서 사는 사람이라면 대부분 그녀처럼 생각할 것이다.

슬슬 취기가 오르는지 유정은 화장실을 자주 들락거렸다.

그럼에도 아직 해는 중천에 떠 있었다.

유정이 화장실을 가 있는 동안 도수는 TV를 보았다.

서빙을 하는 아줌마 둘이서 드라마를 심취해서 보고 있었다. 도수는 TV를 거의 보지 않는다.

본다고 하더라도 뉴스 위주지, 드라마는 한 번도 제대로 본 적이 없었다.

하지만 지금은 드라마에서 눈을 떼지 못했다. 재밌어서가 아니다.

무척이나 눈에 익은 여자가 주인공으로 나오고 있어서였다.

잊을 리가 없었다.

단 한 명의 목격자.

……이미수.

"오빠, 저 왔쩌요."

술이 어느 정도 들어갔는지 유정의 애교가 많아졌다.

처음 봤을 때는 전혀 그렇지 않더니 많이 달라졌다. 긍정적으로 바뀌어서 좋게 생각된다.

"저 여자 누구지?"

도수는 드라마에 나오고 있는 이미수를 가리켰다.

"누구? 아, 미나요."

"미나?"

그녀의 이름은 분명 이미수였는데. 이상하다. TV라서 잘못 본 것일까.

"네, 좀 늦게 뜬 배우예요. 무명 세월이 길었다죠? 7년 전에 뭐더라…… 반현우 감독의 영화에서 대박이 났죠. 그 이후로는 승승장구예요. 거의 국민 배우죠. 서른이 넘었지만 예쁘기도 하고, 연기도 좋고, 인지도도 높아요."

"본명이 미나인가?"

"예명일걸요? 본명으로 워낙 무명 시절을 오래 겪어서 일부러 예명으로 바꿨다는 기사를 본 적이 있어요."

"본명이 뭔데."

"음, 잠시만요. 찾아볼게요."

유정은 핸드폰을 뒤적거렸다. 몇 초도 되지 않아 그녀는 도수에게 미나의 본명을 얘기해 주었다.

"미수네요. 이미수."

맞구나, 이미수.

도수는 자신도 모르게 비릿한 미소를 지었다. 그녀를 생각하니 형태도 같이 떠오른다.

어머니의 원수.

반드시 찢어 죽여야만 분이 풀릴 종자들.

10년의 세월이란 많은 것을 변하게 했다.

형태는 나진 기업 자회사의 사장이 되었고, 이미수는 톱 여배우가 되었다.

도수가 쳐다볼 수도 없는 높은 곳으로 비상을 했다.

그들의 추락을 두 눈으로 똑똑히 확인할 것이다.

뭐든 추락하는 것에는 날개가 있다. 그 날개를 찢어서 개먹이로 줄 것이다.

"뭐 기분 나쁜 일이 있어요?"

유정이 흠칫 놀라며 물었다.

"응? 왜?"

도수는 고개를 갸웃거리며 되물었다.

"표정이 굉장히 무서웠어요."

"아, 미안. 나쁜 기억이 생각나서."

"미나랑 관계된 일이에요?"

유정은 불안한 표정으로 물었다.

그녀는 도수를 믿는다. 도수는 그녀와의 약속대로 조직을 해산하고 회사를 설립했다.

조직원들 대부분이 회사로 흡수가 되었고, 과거에서 손을 씻었다.

하지만 유정은 종종 도수에게서 알 수 없는 불안감을 느꼈다.

"아니야. 자, 먹자."

유정은 안심시킨 도수는 그녀의 잔에 술을 따라 주었다. 그렇게 두 병의 소주와 네 병의 맥주를 더 마셨다.

그들이 수산 시장을 나섰을 때는 날이 어둑어둑해지고 있었다.

나름 다행이었다.

해가 떴을 때 술에 취한 채 얼굴이 벌개져서 돌아다니고 싶은 마음은 추호도 없었으니까.

"오빠, 노래방 콜?"

"그만 먹자."

"왜에에에~"

"취했어."

"나 아직 멀쩡해. 봐봐."

유정은 양팔을 벌리고 똑바로 앞으로 걸어갔다. 그녀는 똑바로 걸어간다고 느낄 테지만 좌우로 비틀거렸다.

위태롭다.

도수는 그녀의 뒤를 따라서 걸었다.

유정은 뭐가 그리 기분이 좋은지 흥얼흥얼 노래도 중얼거렸다. 그러고 보니 그녀와 함께 노래방을 간 적은 한 번도 없었다.

데이트 중에서 반은 술집이다.

다음에는 술집이 아닌 다른 것을 찾아봐야겠다는 생각이 들었다.

"봐요. 오빠, 나 완전 안 취했지."

"응, 안 취했다."

"그럼 2차 콜?"

"아니."

"왜에에엥."

"다음에는 술 마시지 말고 외각이나 나가자. 맛있는 것도 먹고."

"외, 외각?"

유정이 갑자기 자신의 몸을 양팔으로 휘감았다. 그렇지 않아도 붉었던 그녀의 얼굴이 새빨갛게 변한다.

"1박 2일?"

"그래도 되고, 당일로 가도 되고."

"조, 조금 빠른 것 같기도 한데. 뭐, 오빠가 원한다면."

이건 또 무슨 소리냐.

"뭔 생각을 하는 거야."

"아니, 뭐. 그냥."

"택시 잡는다."

도대체 이 들쑥날쑥한 여자의 생각을 종잡을 수가 없었다.

도수는 택시를 잡았다.

퇴근 시간이라 막힐 것 같지만 이 상태로 버스나 지하철을 태울 수는 없었다. 택시는 금방 잡혔다.

유정을 태우고 도수가 옆에 앉았다.

"오빠도 같이 가게요?"

"술 먹었으니까."

"아, 행복해라."

유정은 도수의 팔에 볼을 비볐다.

잠시 후 그녀는 잠이 들었다.

퇴근 시간이지만 그다지 막히지는 않았다. 도수는 그녀를 집 앞까지 데려다 주었다.

깊게 잠이 들었는지 몇 번이나 흔들어도 일어나지 않았다. 그녀를 깨우는 데 10분이나 걸렸다.

도대체 뭘 믿고 이렇게 깊은 잠에 빠졌는지 이해가 가지 않았다.

그만큼 자신을 믿고 있다는 소리인가.

그녀는 비틀거리면서 택시에서 내려 오빠, 잘 가. 한숨 자고 나서 전화할게, 라고 말을 하고는 집으로 들어갔다.

도수는 택시를 돌려서 일산으로 향했다.

유정의 집까지 오는 데는 그리 길이 막히지 않았지만 일산으로 가는 길은 꽤나 막혔다.

차들은 거북이가 된 것처럼 어기적거렸다.

"어이구, 이 시간이면 항상 그래요. 일산으로 퇴근하는 사람들이 많거든요."

택시 운전사는 미안하다는 듯이 말했다. 도수는 알았다고
대답했다.

그는 창문을 약간 열고 바람을 맞았다. 술기운이 조금은
날아가는 느낌이었다.

머릿속에는 이미수란 여자가 가득하다.

그녀는 목격자.

양심이 없는 여자.

양심이 있었더라면 진작 진실을 법정에서 이야기했을 테
니까.

그래도 다행이라고 여긴다.

그녀를 이렇게 쉽게 찾아낼 수가 있었으니 말이다.

"움직일 중요한 장기 말은 하나 찾았고. 이제는 어떻게
한다."

도수의 머릿속이 맹렬하게 회전을 한다.

도로의 정체가 어느 정도 풀렸는지 택시의 속도라 빨라졌
다. 밖의 야경이 휙휙 하며 도수의 눈동자에서 지나쳤다.

하지만 그의 눈동자는 아름다운 서울의 야경을 보고 있지
않았다.

그의 눈동자가 차갑게 식어 간다.

도수는 월요일 아침 일찍 출근했다.

도수의 집에 늦게 도착한 수태는 부랴부랴 차를 돌려서

회사로 바로 와야만 했다.

이 사실을 기현이 알게 되면 입에 거품을 물고 정신 교육을 시키리라.

좁은 엘리베이터를 타고 5층을 눌렀다.

오전 7시 30분 정도밖에 되지 않아서 출근한 사람이 없을 것이라 여겨졌다.

보안 업무를 주로 하고 있는 2층에만 불이 켜져 있었다.

아마 야간 업무를 하는 출동팀일 것이다. 그들이 있는 덕분에 경비는 필요가 없었다.

5층에서 내려 복도를 따라 걸었다.

회장실은 비서실 안쪽에 있었다. 비서실에 불이 켜져 있었다. 설마, 라는 생각이 들었다.

도수가 안쪽 문을 열고 들어서자 진아가 핸드폰으로 음악을 틀어 놓고 청소를 하고 있었다.

"어머."

도수를 발견한 진아는 깜짝 놀란 표정을 지었다.

한쪽 볼에 보조개가 피는 것이 꽤나 매력적인 여성이다.

유정이 아니었다면 그녀에게 마음이 흔들렸을지도 모르겠다.

"진아 씨, 일찍 출근했네요."

"저는 지하철에 치이는 것이 싫어서 조금 일찍 출근해요. 그런데 회장님도 일찍 출근하셨네요."

"음, 오늘은 할 일이 많군요."

"차 드릴까요?"

"커피 부탁할게요."

고개를 끄덕인 도수는 회장실로 들어갔다. 상의를 벗어서 옷걸이에 걸었다.

책상 위에는 몇 개의 서류가 올라와 있었다.

기현은 어제도 출근한 모양이었다.

곧 결혼식도 올릴 놈이 너무 일에만 몰두하는 것이 아닌가 조금은 걱정이 되었다.

노크 소리가 나고 진아가 들어왔다. 그녀는 도수의 책상 위에 캐러멜 마키아토를 놓았다.

도수는 요즘 현대인들이 먹는 아메리카노를 좋아하지 않는다.

향은 좋지만, 너무 써서 그의 입맛에 맞지 않았다.

차라리 믹스 커피가 훨씬 그의 입맛에 맞았다. 아니면 유정과 종종 사 먹는 캐러멜 마키아토가 가장 맛있었다.

하지만 회사에서 비서가 직접 그것을 타다 준다고는 생각도 하지 못했다.

그가 놀란 눈빛으로 진아를 쳐다봤다.

진아는 매력적인 웃음을 다시 한 번 보이며 말했다.

"회장님이 그 커피를 좋아하신다고 해서 바리스타를 공부 중이에요."

"그래요? 굳이 그러실 필요는 없는데."

"자격증 따 놓으면 좋죠, 뭐."

"고맙군요. 맛있게 먹을게요."

도수는 커피를 들고 맛을 보았다. 달짝지근한 맛이 입에 착착 붙었다.

아침부터 기분이 좋아진다.

도수가 커피를 맛있게 마시자 진아의 기분도 좋아졌다.

퇴근하고 힘들게 배운 보람이 있는 것 같았다.

"아, 기획 실장 출근하면 저한테 좀 오라고 전해 주세요."

"넵, 알겠습니다. 회장님."

기분이 좋아진 진아의 목소리가 씩씩해졌다.

도수는 커피를 마시며 서류에 사인을 했다. 그동안 시간이 흘렀다.

정확하게 9시가 되자 기현이 회장실로 올라왔다.

"부르셨다고요, 회장님."

모든 서류의 사인을 한 도수가 책상에서 일어났다. 그는 소파로 가서 앉았다.

"앉아."

"네, 회장님."

기현도 자리에 앉았다.

그동안 업무가 과중했는지 피부가 많이 상한 듯했다. 눈밑에 다크써클도 상당했다. 안쓰러운 느낌이 들었다.

"결혼 준비는 잘되가?"

"네? 아, 뭐. 그렇죠. 저보다는 민희가 고생이죠. 비행 없는 날은 혼자서 이것저것 알아보러 다니거든요."

"너도 일찍 퇴근해서 같이 좀 다녀. 결혼은 혼자 하는 게 아니잖아."

"하하, 저도 그러고 싶은데. 업무가 너무 많이 밀려서요. 그래도 조금씩 나아지고 있습니다. 기동이나 김실연 과장, 평관수 과장의 업무실력이 많이 좋아져서요. 꽤 도움이 됩니다."

도수는 고개를 끄덕였다.

일을 적당히 하라고 말을 했지만 막상 그에게 가장 많은 업무 지시를 내리는 것은 자신이었다.

"미나라고 아나?"

"미나요? 톱 탤런트 미나 말씀하시는 겁니까?"

기현은 대번에 알아들었다. 그녀가 유명하긴 유명한 모양이었다.

"맞아."

"네, 그녀라면 대한민국에서 모르는 사람이 없을 겁니다. 아, 몇몇 분들만 빼고요."

도수가 그녀에 대해서 모르는 눈치이자 재빨리 말을 바꾸는 기현이었다.

"그녀에 대해서 좀 알아봐 줘야겠어."

"어렵지는 않을 겁니다. 그런데 무슨 일인지 여쭤 봐도 되겠습니까."

"그년이다. 우리 어머니의 죽음을 목격한 유일한 목격

자가."

"미나가요?"

기현은 꽤나 놀란 눈치였다.

그가 생각하기에도 미나는 악플이 거의 없는 연예인으로 유명하다.

항상 예의가 바르고, 선배들에게 깍듯했다. 또한 후배들도 잘 챙겼고, 상당한 액수의 돈을 기부하기도 했다.

그런 그녀에게 치명적인 악행이 있다고는 상상도 할 수가 없었다.

도수는 자리에서 일어났다.

창문으로 다가가 주머니에 손을 넣었다. 창밖에는 많은 건물들이 있었고, 차들이 왕복하며, 화사한 옷을 입은 사람들이 오고 갔다.

도수가 천천히 입을 열었다.

"나는…… 그 여자를 용서할 수가 없어."

"알았습니다."

기현은 곧바로 대답했다.

도수의 목소리에서 감춰 놓은 적개심이 느껴졌다.

오랜 시간 동안 그의 마음속에서는 수백 번도 더 그 여자를 칼로 찔러 죽이는 상상을 했을 것이다.

다만 그 여자가 미나였다는 것이 기현에게는 의외였던 것뿐이었다.

그녀에 대한 이미지도 머릿속에서 바뀌어 갔다. 내면이

착한 여자에서 자신의 본 모습을 감추고 살아가는 추악한
여인의 얼굴로……

"상준은 어떻게 됐지?"

기현의 얼굴 근육이 사악하게 변한다.

"그는 곧 파멸할 겁니다."

"좋군. 이제 슬슬 나도 움직여야겠지. 놈의 입을 열려
면."

도수가 등을 돌려서 기현을 바라봤다.

서로의 웃는 모습이 너무도 닮아 있었다.

진아가 그들의 웃는 모습을 봤다면 온몸을 잡고 두려움에
심하게 떨었을 것이다.

10.

드러나는 비밀

WILD BEAS<small>CITY</small>

상준은 한 달간 정신없이 보냈다. 아는 조직의 선배들한 테 거금을 융통하여 조 회장에게 보냈고, 차용증도 확실하 게 마무리를 지었다.

자그마치 30억을 넘는 돈을 쏟아부었다. 이제 그가 가진 것은 신용카드 몇 장뿐이었다.

그래도 그는 즐거웠다.

다음 달부터 들어온 어마어마한 금액은 그의 일생을 바꿔 놓을 것이 확실하니 말이다.

그는 회사 근처 바에 들렀다.

종종 혼자서 마시고 싶을 때나 내연녀와 만났을 때 찾는 곳이었다. 심복인 김 과장과 이 부장도 이곳에 대해서는 모 른다.

오늘은 혼자서 한잔을 하고 싶었다.

그는 바에 앉아서 데킬라는 시켜 놓고 홀짝거렸다. 술도 잘 들어가고 기분이 좋았다.

빌딩만 인수를 하게 되면 그것을 바탕으로 상당한 자금력을 확보하게 된다. 이곳을 기반으로 3금융까지 진출을 할 수 있을지도 몰랐다.

"음, 이 사장님 아니십니까."

묵직한 저음의 목소리가 들렸다. 혼자서 술을 마시고 싶던 상준이기에 속으로는 욕설을 내뱉었다. 하나, 겉으로는 그것을 내색하지 않는다.

상준이 고개를 돌렸다.

거구의 사내가 자신을 보며 빙그레 미소를 짓고 있었다.

깨끗하고, 고급 정장을 입고 있었다. 그의 옆에는 머리는 단정하게 빗어 넘긴 상당한 미인이 서 있었다.

도수와 채진아였다.

채진아는 야간 수당을 받는 대가로 도수와 함께 이곳으로 왔다.

진아로서는 요즘 일이 흥미진진하다.

회장과 실장이 자세한 설명을 해 주지는 않지만, 무슨 일이 벌어지고 있는지 그녀는 알고 있었다.

비서로서 모르는 것이 더 이상할 정도였다.

회장은 어떤 사채업자의 자금을 송두리째 흡수하려고 한다. 그 과정이 무척이나 흥미로웠다.

그녀는 시키지 않아도 그쪽에 대한 정보를 수집했고, 알아서 잘 행동했다.

대신 이번 일을 나오면서 야간 수당도 있냐고 물어, 도수와 기현의 입에서 헛웃음을 터트리게 만들었다.

상준은 잠시 자신이 알고 있던 사람과 헷갈렸다.

이자는 H—시큐리트의 이순현이었다.

처음에 봤을 때 덩치가 크고 매너가 좋은 사람이라고만 생각을 했었다.

하지만 지금 멋지게 차려입으니 꽤나 멋들어졌다. 키가 커서 그런지 분위기도 상당히 압도한다.

"아, 안녕하십니까. 이 팀장님이셨죠."

상준이 자리에서 일어나 그에게 손을 내밀었다.

도수가 그의 손을 잡았다. 상준의 눈은 도수를 지나 진아에게 가 있었다.

엄청난 미인이었다.

정장을 입고 있지만 그녀의 각선미가 그대로 살아 있었다. 자신도 모르게 마른침이 삼켜지며 아랫도리가 뻐근해졌다.

내연녀와는 비교도 할 수 없을 정도로 아름다운 여자였다.

도수도 상준의 눈빛을 눈치챘다.

역시 진아와 함께 온 것은 잘한 선택이었다. 훨씬 더 놈과 합석하기가 쉬워졌다.

"혼자서 술을 드시고 계셨나 보네요."

도수가 물었다.

"아, 네. 가끔 혼자서 마실 때가 있습니다."

"적적하지 않으시면 저희랑 같이 합석하시죠."

도수의 말에 상준은 다시 한 번 진아를 바라보았다.

도수와 진아가 눈치를 못 채게끔 재빨리 눈을 돌렸다. 그러나 그것을 눈치채지 못할 도수와 진아가 아니었다.

"아, 연인들 두 분께서 함께 오셨는데 괜히 제가 끼면 더 이상해지지 않을까요."

매너가 있는 척, 상준은 한 발을 뺐다.

"아닙니다. 이렇게 만난 것도 인연인데 그럴 수야 없죠."

그들은 테이블로 합석을 했다. 도수와 진아가 함께 앉고, 맞은편에 상준이 앉았다.

분위기는 화기애애했다.

아무리 도수라고 하더라도 본래 성정이 어디 가는 것은 아니다. 말수가 없기에 대화가 끊길 때가 많았다.

그때 진아의 진가가 발휘되었다. 그녀는 물 흐르듯이 대화를 진행했다.

가끔은 애교로, 가끔은 높은 수준의 상식으로 상준의 혼을 빼놓았다.

도수도 깜짝 놀랄 정도로 대단한 언변이었다. 유정과 진아가 같이 말싸움을 벌이면 어떤 일이 벌어질까 궁금해지기도 했다.

두 병의 데킬라를 비우자 상준의 눈빛이 많이 흐려졌다.

진아를 훔쳐보는 횟수도 무척이나 많아졌다. 도수가 화장실을 간다고 자리를 비웠을 때는 노골적으로 관심을 드러내기도 했다.

도수는 그런 상준에게 자신의 일을 얘기해 주었다.

"아, 동생이 실종되셨다고요. 허 참, 안 되셨네요. 요즘 들어 실종되는 사람들이 많기는 하죠. 경찰력이 부족해서인지, 능력이 없어서인지, 실종된 사람들을 찾기도 힘들고요."

상준은 반쯤 꼬부라진 말투로 도수를 걱정했다.

"아주 걱정이 큽니다. 제발 살아 있기만을 빌 뿐이죠. 워낙 애가 여리거든요."

"동생이 실종된 지 얼마나 되셨다고요?"

"한 10년쯤 됐나 봅니다."

"이런 말씀드리기는 뭐하지만, 살아 있었다면 돌아왔을 겁니다. 돌아가신 것이 아닐까요."

"그러니까 답답한 거죠. 죽었으면 죽었다고 연락이라도 올 텐데. 실낱같은 희망을 품고 있는 겁니다."

"요즘 세상이 얼마나 험한데요. 쯔쯧."

"잠시 실례 좀 하겠습니다."

도수는 진아에게 눈치를 주었다.

술이 꽤나 취했음에도 어지간해서는 제대로 입을 열지 않을 것 같았다. 아주 작은 실마리라도 잡으려고 녹음까지 하고 있지만, 빤한 이야기들만 오고 갔다.

어쩌면 도수 자신이 있어서 그럴지도 모른다고 생각했다.

그렇기에 도수는 화장실을 빙자해서 자리를 비우는 시간
이 많아졌다.

"하아, 저도 우리 오빠가 빨리 동생 분을 찾았으면 좋겠
어요. 아니면 죽었다는 사실만이라도 확인을 했으면 좋겠습
니다."

진아는 상준의 눈치를 보며 한숨을 내쉬었다. 상준은 고
개를 절레절레 흔들었다.

"실종자는 제가 알기론 딱 두 가지 종류가 있습니다."

"어떻게요?"

진아의 눈이 반짝였다.

"하나는 노숙자와 같은 형태로 과거의 자신을 버리고 살
아가는 사람들입니다. 그들은 가족에게도 돌아가지를 않죠.
당연히 본인이 원하지 않으니 찾기도 힘들고요. 두 번째는
죽었을 가능성이 높습니다. 누군가에게 죽임을 당해서 강,
바다, 산에 버려지거나, 혹은 장기매매를 당하거나."

꿀꺽.

진아는 마른침을 삼켰다.

녹음된 이 사실을 도수가 듣는다면 어떤 반응을 보일까,
라는 생각이 들었다.

회장은 동생을 찾고 있다, 라는 것은 그간의 일로 알아차
릴 수가 있었다.

그리고 눈앞에 이 사내가 뭔가를 알고 있다는 것도 눈치

챌 수 있었다.

그런데 이 사내가 말하길 실종자는 죽었다고 단정했다.

눈앞에 사내가 섬뜩하게 느껴진다.

상준은 나중에 돈이 필요하면 자신에게 연락하라면서 진아에게 명함을 주었다.

명함에는 햇살 브릿지 온 대표 실장이라는 글자가 선명하게 박혀 있었다.

어깨에 힘을 주는 것으로 보아 꽤나 자신이 있어 보이는 모양이었다.

진아는 싸게 해 주시면 전화를 준다고 말했다. 상준은 은행권보다 싸게 해 줄 테니 언제라도 연락을 하라고 말했다.

그의 얼굴에 침이라도 뱉고 싶을 것을 억지로 참는 진아였다.

도수가 돌아와 자리에 앉자 이후 상준은 말을 삼갔다.

자신이 너무 많은 말을 했다고 느낀 모양이었다. 술자리는 그렇게 끝이 났다.

도수는 자신이 계산하겠다고 말했지만 상준이 말렸다.

"겨우 팀장급으로 무슨 돈이 있습니까. 제가 하겠습니다."

일부러 진아 앞에서 저런 말을 하는 모양이었다.

뒤에서는 도수가 비웃고 있다는 것을 전혀 눈치채지 못했다.

상준과 헤어진 도수와 진아가 조금 떨어진 곳까지 걸었

다. 약 10분 정도 걷자 그들의 앞에 고급 세단이 멈춰 섰다. 수태가 차에서 내려 뒷문을 열었다.

"타지."

"네, 회장님."

진아와 도수가 뒷자리에 앉았다.

진아는 도수가 화장실에 간 사이 상준에게 들었던 얘기를 그대로 해 주었다. 물론 녹음이 된 소형 녹음기도 건넸다.

진아에게 모든 얘기를 들은 도수의 눈매가 눈에 띨 정도로 부들거렸다.

"놈이 장기매매라고 말을 했단 말이지. 아니면 살해를 당했거나."

"예, 회장님."

불길한 기운이 도수의 온몸을 휘어 감았다.

아니야, 절대로 아닐 거야, 라는 말로 자신을 세뇌할 수밖에 없었다.

만에 하나 있어서도 안 되고, 일어나서도 안 되는 일이었다.

도수는 고개를 흔들었다.

그것에 대해서는 생각하기도 두려웠다.

다음 날부터 진아는 상준에게 전화를 받았다. 그녀는 괜히 가르쳐 줬다면서 투덜거렸다.

문자도 시도 때도 없이 온다.

잘 들어가셨어요, 그날 참 즐거웠는데 제가 한번 대접하고 싶네요, 연락 주세요, 연락이 없으시네요, 등 하루에 몇 번이나 문자가 왔다.

아직 일이 끝나지 않았기에 진아도 종종 답변을 해 주었다.

너무 바쁘네, 죄송합니다, 기분은 나쁘지 않으셨죠? 나중에 연락드릴게요. 어머, 멋지네요, 꼭 같이 한번 보고 싶네요, 등 조금은 꼬리치는 느낌이 드는 말도 섞어서 보냈다.

물론 문자를 보내면서 속으로는 별의별 욕을 다 했지만.

진아는 도수에게 물어보았다.

혹시 그 징그러운 사람을 개별적으로 만나야 되냐고.

도수는 웃으면서 아니라고 대답했다.

절대 그런 일 없으니 안심하라고, 자네는 비서야, 그런 일은 시키지 않아, 라고 덧붙였다.

내심 안심이 되는 진아였다.

언제나 생각하지만 담력이 꽤나 필요한 직업이었다. 그래도 다음 날 회사 출근 시간이 기다려질 정도로 재미가 있는 것도 사실이었다.

2주의 시간이 더 지났다.

상준은 더욱 집요하게 진아에게 만날 것을 요구했다.

더 이상 버틸 수가 없을 정도였다. 할 수 없이 진아는 다시 한 번 도수에게 의견을 구했다.

"음, 이제 시간이 됐군. 놈은 더 이상 자네에게 전화를 하지 못할 거야. 자네 덕분에 놈이 상당히 다른 곳에 정신이 팔려 있었지. 고마웠어."

"그 사람 빈털터리가 되는 건가요?"

진아가 호기심이 가득한 얼굴로 물었다.

"아니."

"그럼……?"

"놈은 곧 파멸하거든."

도수는 입술 양쪽 끝을 올리며 미소를 지었다.

그의 웃음을 본 진아는 등골이 오싹해지는 기분을 느꼈다.

그녀는 아직 더 담력이 필요하군, 이라고 생각했다.

*　　*　　*

상준은 공황 상태에 빠져 있었다.

채무 변제일이 다가왔지만 아무도 오지 않았다. 충분히 그럴 수가 있었다.

이런 일을 하면서 전날까지 전화를 받다가 변제일이 되면 전화를 꺼 놓고나, 받지 않는 자들이 비일비재했기 때문이다.

그럴 때면 여직원이 채무자에게 전화를 걸어서 친절하게 독촉을 한다.

그다지 위협적이지는 않지만, 채무자 입장에서 받는 심리

적 압박감은 대단했다.

만약 계속해서 전화를 받지 않으면 직접 집으로 찾아간다.

집안으로 들어갈 수는 없었다. 채무자가 경찰에라도 신고를 하게 되면 머리가 아파진다.

하지만 인감도장을 찍은 이상 돈을 갚지 않을 수는 없었다.

상대방이 고소를 한다고 하더라도 개인과 개인의 계약으로 치부하면 원금과 이자 50퍼센트까지는 받을 수가 있었다.

가끔 채무자가 도망을 치는 경우도 있다. 그것도 방법이 있었다.

원금을 회수하기 위해서 전문적으로 돈을 받는 자들에게 싼 값에 채무를 팔아 버리면 된다.

그들은 돈 몇 푼에 사람도 죽일 수 있는 놈들.

주민등록이 말소된 자들이 대다수였고, 사람 목숨을 파리 목숨처럼 생각하는 무서운 놈들이기도 했다.

상준은 그런 애들을 몇몇 거느리고 있었다.

한국인들도 있고, 조선족들도 있다. 상준조차 다루기 어려운 인간 백정들이었다.

놈들은 사냥꾼이다.

채무자들이 모습을 감췄다고 하더라도 대한민국 내에만 있으면 무조건 잡아낸다.

그리고 놈들을 잡아서 장기를 팔아 치우는 것이다.

대부분이 극한으로 시달리다보면 무슨 짓을 해서라도 돈을 갚는다.

만약 갚을 의향이 있는 자들 혹은 더 이상 뽑아낼 수 있는 자들은 다른 사채업자를 소개시켜 주기도 한다. 대신에 선이자로 10퍼센트의 소개비를 받는다.

그런 자들까지 장기를 팔아 치울 수는 없었다.

돈을 갚지 않는 대부분은 막장까지 가서 아무도 찾지 않는 그런 자들이니까.

하지만 지금처럼 단체로 채무자들이 나타나지 않은 적은 처음이었다.

단 한 명도 모습을 나타내지 않았다. 전화도 받지 않았다. 모두의 전화가 꺼진 것이 아니라 결번이었다.

상준은 등줄기가 서늘해져 오는 것을 느꼈다.

"김 과장! 이 부장!"

그는 김 과장과 이 부장을 불렀다.

그들이 급히 상준에게 다가왔다. 그들도 채무자들과 연락이 되지 않아서 땀을 빼고 있는 중이었다.

"채무자들 연락처 다 있지?"

"예, 있습니다."

"그 새끼들 모조리 잡아내서 반 죽여. 당장 갚지 않으면 사돈에 팔촌까지 가만히 두지 않겠다고 해."

"알았습니다."

그들은 각각 두 명씩 직원들을 데리고 사무실 밖을 나갔다.

오후가 되어서 김 과장과 이 부장에게서 전화가 왔다. 그들의 목소리는 심하게 잠겨 있었다.

상준이 자리에서 벌떡 일어나며 소리쳤다.

"뭐, 뭐라고? 채무자가 그곳에 살고 있지 않다고? 무슨 개소리야. 주민등록 제대로 확인했어?"

─확인했습니다. 그 사람이 이곳에 사는 것은 맞는데, 저희에게서 돈을 빌려 간 자는 다른 사람입니다.

"자, 잠깐만 그게 말이 되는 소리야. 주민등록도 맞고, 등본도 맞는데 사는 사람이 다르다는 거야?"

─그, 그렇습니다.

"다른 사람들은?"

─다섯 곳을 찾아다녔는데, 모두 같습니다. 본인이 나온 사람도 있습니다.

"이, 이런 개 같은."

상준은 주먹으로 탁자를 강하게 쳤다.

탁자 위에 있던 장식품들이 옆으로 넘어졌다.

그는 전화를 끊고 벌떡 일어나 실장실 밖으로 나갔다. 그리고 사무를 보고 있는 직원들을 향해서 소리쳤다.

"당장 저번 달 채무자들 명부 몽땅 가지고 와!"

직원들뿐만 아니라 상담을 하러 온 고객들도 놀란 눈으로 상준을 보았다.

고객들은 슬금슬금 눈치를 보더니 다음에 오겠다면서 사무실 밖으로 나갔다.

여직원들도 마찬가지였다.

항상 부드럽게 말을 하던 실장이 눈알이 돌아가서 미친 듯이 화를 내니 겁을 먹을 수밖에 없었다.

직원들은 저번 달에 있었던 모든 고객의 신상을 적은 명부를 모아서 상준에게 가져다주었다.

그는 100만 원 이상을 빌려 간 모든 채무자들을 일일이 확인했다.

몇 번을 봐도 이상이 없었다.

"아니야, 아닐 거야. 이건 말도 안 돼."

상준은 머리를 쥐어뜯었다.

너무 완벽해서 흠잡을 곳이 없었다.

얼굴만 아는 것으로 놈들을 잡아내기란 거의 불가능에 가까웠다.

같은 서울에 산다고 하더라도 그들을 잡기란 서울에서 김서방 찾기와 같았다.

그들을 잡기 위해서는 최소한의 단서가 있어야 했다. 주소, 친한 사람, 가족 관계 등등.

하지만 이것이 모두 가짜라면 그들을 찾기란 불가능했다.

막말로 모자를 쓰고 옷만 바꿔 입고서 옆으로 스쳐 지나간다면 못 알아볼 가능성이 무척이나 높았다.

이건 혼자서 벌일 수 있는 일이 아니었다.

어떤 놈들이 조직적으로 자신을 엿 먹이기 위해서 벌인 일이다.

"절대로, 절대로 찾아낸다."

한참이나 앉아 있던 상준이 벌떡 일어났다. 그리고 누군가에게 전화를 걸었다.

"당장 이리로 와. 돈은 얼마든지 들어도 상관없어. 그래, 상대가 누군지는 몰라. 하지만 반드시 잡아야 해."

삼 일이 지났을 무렵 상준은 머리를 부여잡고 있었다.

머리가 지끈지끈해서 참을 수가 없었다.

"누구라고?"

상준이 다시 물었다.

"이번 일, 뒤에 있던 사람은 마도수라는 잡니다."

상준의 앞에 있던 사내가 대답했다.

광대뼈가 툭 튀어나오고, 입술 사이로 토끼처럼 앞 이빨이 보였다. 굉장히 눈매가 날카로웠다.

옷차림은 허름하다. 몇 년이나 입었는지 모를 야상에 워커를 신고 있었다.

상준도 그의 이름을 모른다. 그저 대포라고 부를 뿐이었다.

대포의 뒤편에 서 있는 사내들 역시 비슷한 차림이었다. 이들이 바로 돈 백만 원에도 사람을 죽일 수 있는 인간 백정들이었다.

"마도수……."

깊은 의식 속에 가라앉아 있던 한 이름이 떠올랐다.

이미 잊어버린 옛 친구의 이름, 그리고 그의 형.

마도수.

생각해 보니 몇 달 전에 호일에게 전화가 왔었다.

그는 다신 자신을 볼 수 없을 것이라고 말했다.

그리고 도수 형이 찾아오면 진심으로 사과하라는 말도 더했다.

상준은 미친 새끼라고 욕을 하고는 전화를 끊었다.

그 이후 영수에게도 전화가 왔었다. 마도수가 양아치가 되어서 나타났다고 한다.

감방 한 번 갔다 왔다고 물불을 가리지 않고 덤빈다고도 하였다.

아무래도 다리 한쪽을 끊어 줘야 귀찮게 하지 않을 것이라고 말했다.

그날 이후로 영수는 연락이 없었다. 상준도 까맣게 잊고 있었다.

상준은 핸드폰을 들어서 영수에게 전화를 걸었다.

—이 전화는 없는 국번이오니…….

번호가 사라졌다.

그는 호일에게도 전화를 걸었다. 예상은 했지만 그 역시 번호가 사라졌다.

상준은 대포에게 물었다.

"혹시 마도수라는 자가 어디에 있는 알 수는 있나?"

"그것까지는 모릅니다."

"그럼 마도수는 어떻게 찾았나?"

"우리가 찾은 것이 아닙니다. 놈이 흘린 것이지."

"그게 무슨 소리지?"

"어차피 실장님이 말씀하신 사람들을 저희가 찾을 수는 없습니다. 하지만 위조 업자라면 잘 알죠. 그 사람들을 찾아갔었습니다."

"갔더니?"

"마도수라는 자가 100명에 해당하는 거금을 주면서 위조 등본과 위족 주민등록을 만들어 달라고 했답니다. 그리고 그자가 이런 말도 했다고 합니다. 상준이라는 자가 찾아오면 자신의 이름을 대라고."

으드드득.

상준은 어금니를 강하게 물었다.

놈이 털어 간 돈만 하더라도 11억이 넘는다.

이건 놈의 신체 부위를 모두 팔아도 채울 수가 없는 거금이었다.

"어디로 오라는 소리는 없었지?"

"네."

상준을 자리에 앉아서 골똘히 생각에 잠겼다. 놈의 행적을 찾아야만 한다.

이제까지 한 행동으로 보아 놈은 자신에 대해서 꽤나 잘 알고 있는 듯했다.

어쩔 수가 없었다. 영수를 만나 뵈야 한다.

상준을 자리에서 일어났다.

"너희들도 따라와. 마도수를 찾으면 절대 죽이지 말고 사로잡아라."

그는 대포에게 그렇게 말을 하고는 사무실 밖을 나갔다.

그는 김 과장과 이 부장 등, 힘을 쓸 수 있는 사내들을 데려갔다.

두 대의 승합차로 나뉘어 강남으로 향했다. 예전에 영수가 룸살롱을 차렸다면서 그를 초대한 적이 있었다. 수완이 좋은지 꽤나 돈도 많이 벌었다.

자신보다 월등하게 돈을 많이 번 영수를 보면서 배가 심하게 아파 그동안 그를 찾지 않았었다.

하지만 지금의 상황이라면 얘기가 달랐다. 마도수라는 놈에 대해서 알아야 한다.

영수라면 최소한 마도수가 어디에 있는지 정도는 알 것 같았다.

하지만 그의 예상은 완전히 빗나갔다.

간판이 보이지 않았다. 그는 차에서 내리고 룸살롱이 있던 지하로 내려갔다.

룸살롱은 사라지고 보이지 않았다. 그 자리에는 구내식당이 자리를 잡고 있었다.

다시 계단을 올라왔다. 건물을 이리저리 살폈다. 새롭게 달린 간판에는 현율 실업이라고 쓰여 있었다.

그리고 2층에는 H—시큐리티라고 로고가 뚜렷하게 적혀 있었다.

왜 H—시큐리티가 이곳에 있을까.

우연치고는 너무도 이상했다.

그는 H—시큐리티 로고가 적힌 2층으로 올라갔다.

2층으로 올라가자 자동문이 열렸다. 전형적인 회사 사무실이었다.

그가 들어가자 건장한 체구의 남자 직원이 웃으면서 다가와 어서 오십시오, 라고 말했다.

상준은 멈칫했다.

사내가 웃으면서 친절하게 말했지만, 평범한 자는 아니라는 것을 본능적으로 느꼈다.

이자는 조직의 냄새가 난다. 그는 사람들을 눈으로 훑었다.

사내들 대부분이 조직의 냄새가 난다. H—시큐리티 전 직원에게서 그런 것이 느껴졌다.

위화감이 엄청나다.

"저기 관리팀에 이순현 팀장을 찾아왔습니다."

"관리팀의 이순현 팀장이요?"

사내가 되물었다.

"네."

"음, 이상하네. 저희 관리팀의 팀장은 송승택이라는 분인데. 관리 사원 아닙니까?"

가슴이 쿵 하고 내려앉은 상준이었다. 그는 애써 침착한 표정을 지으며 말했다.

"그럴 수도 있습니다. 한 번 알아봐 주시겠습니까."

"알겠습니다."

정장을 입은 사내가 사무실 안쪽으로 들어갔다.

그는 앉아 있던 다른 직원에게 무엇인가를 물었다. 앉아 있던 직원이 고개를 저으며 뭔가를 말했다. 사내는 고개를 끄덕이고는 다시 상준에게로 돌아왔다.

"죄송합니다. 이순현이라는 사람은 저희 회사에 없습니다."

"그, 그럴 리가 없습니다. 혹시 퇴사한 사람들 중에서 이순현이라는 사람도 없습니까."

"네, 없습니다."

"말도 안 됩니다. 저희 사무실에 장비를 설치해 준 사람들입니다. 저번 달에 H—시큐리티와 계약을 했단 말입니다."

"아, 고객님이셨군요. 성함이나 상호명이 어떻게 되시죠?"

"이상준, 상호명은 햇살 브릿지 온입니다."

"잠시 만요. 다시 한 번 알아보겠습니다."

사내는 다시 안쪽으로 들어가서 이것저것을 물어봤다.

앉아 있던 직원은 몇 번이나 고개를 흔들었다.

사내들은 힐끗 상준을 바라보았다.

상준도 그들이 자신을 보는 것을 알았다. 등줄기에서 서늘한 기운이 밀려오는 것 같았다.

사내는 다시 웃는 얼굴로 다가왔다. 그리고 그의 말은 상준을 주저앉게 만들기에 충분했다.

"죄송합니다. 손님. 저희는 손님과 계약을 맺지 않았네요. 햇살 브릿지 온 역시 저희와 계약을 맺은 일이 없습니다."

"마, 말도 안 돼."

상준은 비틀거렸다.

꼭 귀신에 홀린 것만 같았다.

그가 비틀거리자 쫓아왔던 김 과장과 이 부장이 부축을 해 주었다.

"놔!"

상준은 거칠게 사내의 팔을 뿌리쳤다.

"여기 사장 나오라고 그래."

"네?"

"여기 사장 나오라고 그래!"

상준은 사내를 향해서 쏘아붙였다.

친절한 표정을 짓고 있던 사내의 얼굴이 조금씩 일그러졌다.

본래의 모습으로 돌아간다.

"여기서 행패를 부리시면 안 됩니다, 손님."

"나는 H—시큐리티와 계약을 맺었어. 내가 병신으로 보이나? 지금 기분 엿 같으니까 빨리 사장 나오라고 그래! 확인을 해야겠어."

"저희는 그쪽하고 계약을 맺은 적이 없습니다, 손님. 다른 사람들에게 피해를 주지 마시고 좋은 말로 할 때 나가시죠."

"이 씨발 잡것들이. 누구를 호구로 보나!"

상준은 보이는 것이 없었다.

눈을 뜬 채로 11억을 날리게 생겼다. 여기 직원 중에서 한 놈이 그것과 연관이 있다면 가만히 두지 않을 생각이다.

아마도 이곳의 어느 직원과 마도수가 결착을 했겠지. 그렇게 생각할 수밖에 없었다.

그런 상준을 사내는 밖으로 내보내려고 했다.

상준은 거칠게 버텼다. 김 과장과 이 부장도 합세한다. 주먹질이 오고 가지는 않았지만 욕설이 난무했다.

H—시큐리티의 다른 직원들이 눈살을 찌푸렸다.

몇몇이 자리에서 일어나 그들에게 다가왔다.

그중에서 엄청난 위압감을 풍기는 사내가 있었다.

언뜻 보면 귀엽게도 보이는 인상이지만 덩치가 상당했다. 그가 다가오자 주변에 공기를 꽉 채운 느낌이었다.

이기동이었다.

너무도 압도적인 덩치와 분위기를 풍겨서 상준과 김 과장, 이 부장도 주춤거렸다.

"이놈아, 뭐꼬?"

기동은 직원에게 물었다.

직원은 고개를 푹 숙이며 기동에게 자초지종을 설명했다.

"내쫓아."

기동은 손을 휘휘 저었다.

기다렸다는 듯이 사내들이 상준과 직원들의 팔을 잡고 밖으로 끌어냈다. 그들은 끌려 나가지 않기 위해서 몸부림을 쳤다.

대포와 인간 백정들을 불러서 이곳에 있는 자들을 모조리 쳐 죽이고 싶은 것을 억지로 참는다.

"뒈지고 싶지 않으면 놔! 이 새끼들아!"

하지만 누구도 그들의 편을 들지 않았다.

"뭐지?"

저음의 목소리가 들렸다.

시큐리티 사원들의 움직임이 멈췄다. 그들은 상준을 팔을 놓고는 목소리가 들린 곳을 향해서 고개를 숙였다.

상준도 고개를 들어 목소리의 주인공을 바라봤다.

큰 덩치의 엄청난 위압감을 내뿜고 있는 사내는 이순현 팀장이었다.

그의 옆에는 상준이 계속해서 관심을 보이며 치근덕거렸던 진아가 서 있었다.

"이런 씨발 새끼들. 저기 있잖아! 이 팀장! 어디서 누구를 속이려고 그래!"

상준은 고래고래 소리를 질렀다.

"뭔 개소리야, 저분은 이순현이 아니야. 마도수 회장님이지."

H—시큐리티 직원이 헛웃음을 지으며 말했다.

"누구라고? 마도수?"

순간 상준의 움직임이 멈췄다.

머릿속이 너무도 어지러웠다.

그리고 어지럽게 흐트러져 있던 퍼즐이 하나씩 맞아 들어 가기 시작했다.

도수가 그에게 다가왔다.

"이상준이…… 오랜만이야."

순현으로 행동하던 때와는 차원이 다른 위압감이 그에게 서 느껴졌다.

"너, 너, 이 새끼."

상준은 입안이 덜덜 떨려서 입이 제대로 열리지도 않았다.

꿈에서도 마도수가 H—시큐리티 회장인지 예상하지 못했다.

그가 기억하고 있는 마도수는 무척이나 마르고, 내성적이 며, 왕따와 같은 낯짝을 하고 있던 사내였다.

"참으로 보고 싶었다, 상준아. 그런데 너 말이야. 여기서 이러고 있을 때가 아니야."

"무, 무슨 소리냐."

"어서 집으로 가 보는 게 좋을 거야."

"무슨 소리냐고!"

상준은 눈에 핏발이 선 채로 도수를 향해서 으르렁거렸다.

금방이라도 도수의 목을 물어뜯는 맹견이 될 것만 같았다.

그렇지만 도수는 전혀 겁을 먹지 않았다.

오히려 상준을 염려하는 투로 빙그레 웃으며 말했다.

"오늘이 지나면 넌 벌거숭이가 될 거거든. 20억, 그거 어떻게 메울래."

쿵.

심장이 무너지고 머릿속이 하얗게 변한다. 놈이 그 일에 대해서 알고 있었다.

설마, 설마, 설마, 라는 말이 뇌리에서 계속 맴돌았다.

"상준아, 너도 지옥을 경험해 봐야지, 안 그래? 그게 공평하잖아."

그의 웃음에 기꺼운 살기가 퍼진다.

〈『맹수의 도시』 제5권에서 계속〉

WILD BEAST City
맹수의도시

1판 1쇄 찍음 2014년 3월 5일
1판 1쇄 펴냄 2014년 3월 10일

지은이 | 동 은
펴낸이 | 정 필
펴낸곳 | 도서출판 뿔미디어

편집장 | 이재권
기획 · 편집 | 윤영상
편집디자인 | 이진선

출판등록 | 2002년 9월 11일 (제1081-1-132호)
주소 | 경기도 부천시 원미구 상동로 117번길 49(상동) 503호 (우)420-861
전화 | 032)651-6513 / 팩스 032)651-6094
E-mail | bbulmedia@hanmail.net
홈페이지 | http://bbulmedia.com

값 8,000원

ISBN 979-11-7003-282-3 04810
ISBN 978-89-6775-985-8 04810 (세트)

http://www.bbulmedia.com